AF236895

Im Auge des Todes

von Nick Graupner und Florian Fink

© 2021 Nick Graupner und Florian Fink
Umschlagillustration: Florian Fink
Herstellung und Verlag: BoD – Books on Demand,
Norderstedt.
ISBN: 978-3-7528-9931-3

1. Meine Familie

„Mama!"
„Ja mein Kind?"
„Kannst du mir mal bitte bei den Hausaufgaben helfen?"
„Natürlich Paul. Ich komme gleich."

„Das bin ich, Paul. Sechzehn Jahre alt. Schüler am Herder-Gymnasium in Dresden.
Das andere ist meine Mutter, Susann. Aber alle nennen sie nur Susi, weil das viel kürzer ist.
Und dann ist da noch meine Schwester. Selina. Sie ist vierzehn Jahre alt und geht auf dieselbe Schule wie ich.
Mein Vater ist zurzeit im Ausland. Er ist Wissenschaftler und zurzeit auf einem Kongress im südafrikanischen Johannesburg."

„So Paul. Wo hängt es denn?"
„Eigentlich überall."
„Na klasse. Worum geht es denn in der Aufgabe?"
„Lese sie dir doch einfach mal genau durch."

Mama las sich die Aufgabe durch und sagte: „Also, da kann ich dir leider auch nicht weiterhelfen. Bei dem Thema war ich immer Kreide holen."

Kopfschüttelnd aber mit einem Grinsen im Gesicht steckte ich meine Nase wieder hinter meinen Hefter und versuchte akribisch herauszufinden, was um Himmelswillen eine Elektronenkonfiguration ist.

Aber egal. So was ist sowieso total uninteressant.

Weil das ganze eh keinen Sinn ergab, legte ich den Hefter bei Seite und stattete meinem besten Kumpel Nick einen Besuch ab.

Henrik machte eigentlich fast alles mit mir zusammen. Er wohnte gleich zwei Häuser neben uns. Bei ihm angekommen, starteten wir wie gewohnt auf der Konsole unser Lieblingsspiel: „Hurry Up". Das ist ein Ego-Shooter-Spiel, das man eigentlich erst ab 18 Jahren spielen darf, aber das müssen unsere Eltern ja nicht unbedingt wissen. Die denken, dass wir eine Wirtschaftssimulation spielen. Wenn man es richtig auslegte, war ein Ego-Shooter ja irgendwie auch eine Wirtschaftssimulation. Es geht darum so wenig Leben wie möglich zu verlieren und dabei eine möglichst hohe K/D zu haben.

Nach bestimmt zwei Stunden ging ich wieder nach Hause, um Abendbrot zu essen. Anschließend schaute ich noch ein wenig fern und ging dann ins Bett.
Bis hierhin wusste ich noch nicht, dass der morgige Tag mein Leben völlig veränderte.

Der Morgen begann auch noch ganz normal mit dem Klingeln des Weckers, dem Frühstück und dem alltäglichen in die Schule gehen, aber was danach passierte, war wirklich unglaublich!

2. Am Flughafen

Ich kam aus der Schule und Henrik, Selina und Mama standen schon ungeduldig am Auto.

„Na endlich kommst du!", sagte Mama. „Wo warst du denn so lange?"

„Sorry, ich habe noch kurz mit unserem Chemielehrer wegen der Hausaufgabe von gestern geredet."

„Ach so, ok. Aber jetzt los, sonst ist Papa vor uns da."

Mit viel Schwung ließ sich Mama ins Auto fallen und schlug die Tür hinter sich zu. Meine Schwester, Henrik und ich stiegen dann ebenfalls ein und danach fuhren wir los.

Es war Hochsommer und draußen waren bestimmt 32 Grad im Schatten. Deswegen kurbelte meine Mutter das Fenster runter. Ihre roten Haare wehten im Wind und sie konzentrierte sich voll und ganz auf den Verkehr.

An der nächsten Ampel drehte sie sich plötzlich um und fragte: „Was hast du denn eigentlich in deiner Geschichtsarbeit bekommen Paul?"

„Ähm ... ähm ... wieso willst du das wissen?", stotterte ich.

„Also eine fünf, das war ja mal wieder klar."

Mit geknickter Miene nicke ich und gab kleinlaut bei. Ich verstehe immer nicht, wie sie aus meiner Reaktion heraus immer die Wahrheit ans Licht bringt. Es war echt sinnlos mit ihr zu verhandeln. Sie will wirklich jede Note wissen. Das ist so nervig.

Ich höre mir also fast jeden Tag eine Standpauke an, denn so toll waren meine Noten nicht.

Plötzlich hupte das Auto hinter uns. Mama warf einen kurzen Blick nach hinten und signalisierte dem Fahrer hinter uns, sich zu entspannen. Dann drehte sie sich schnell wieder um, schaute die Ampel an und trat voll auf das Gaspedal.

Mit quietschenden Reifen raste sie über die Kreuzung und bog auch sofort wieder in die nächste Einfahrt in Richtung Flughafen ein. „Was für eine Frau", dachte der Fahrer, der noch zuvor hinter ihr gestanden hatte.

Noch etwa 300 Meter waren es bis zum Parkplatz.

„Wir sind da. Über deine Noten reden wir später noch einmal Paul!", beendete sie vorerst das Gespräch.

Schnell stiegen alle aus dem Auto aus und gingen zügigen Schrittes in die Wartehalle.

Auf der Anzeigetafel standen eine Menge Flüge. Nach ein paar Minuten Suche fanden wir schließlich den Richtigen und stellten fest, dass der Flieger gerade gelandet war.

Eilig liefen wir zu dem Gate, wo wir Papa abholen sollen. Als sich die Tür öffnete, fingen Mamas himmelblaue Augen an zu strahlen. Sie ließ uns einfach stehen und lief auf Papa zu. Sie drückte ihn und schien ihn gar nicht mehr loslassen zu wollen. Papa gab ihr einen Kuss auf die Stirn und wendete sich, nachdem er sich los gerungen hatte, nun an uns. Jetzt waren wir dran. Vor Freude strahlend kam er auf uns zu und sagte: „Hallo, meine prachtvolle Familie." Auch Henrik wurde so begrüßte, er gehörte ja quasi mit zur Familie.

Wir waren nun fertig und holten anschließend noch schnell Papas Gepäck, liefen zum Auto, stiegen alle ein und fuhren los.

Papa hatte viel zu erzählen. Er erzählte von seinen neuen Erkenntnissen und von dem, was er in Johannesburg erlebt hatte. Aber schon nach wenigen Minuten kehrt eine Totenstille im Auto ein.

Lediglich das Radio gab noch Geräusche von sich:

„Und nun die Wettervorhersagen für heute: Der Nachmittag wird extrem kühler und die Temperaturen werden auf maximal 5-10 Grad abfallen. Daher eine Wetterwarnung für alle Gebiete der Bundesrepublik. Wir bitten alle Menschen sich bis 17:00 Uhr in einem Auto, einem Haus oder in einem öffentlichen Gebäude unterzubringen. Eine riesige Front, bei der es auch zur Bildung von Tornados kommen kann zieht von Frankreich auf. Es werden sogar Hagelschauer mit tennisballgroßen Hagelkörnern vorhergesagt. Gewitter und Starkregen mit bis zu 100 Liter pro Quadratmeter pro Stunde werden erwartet. Alle Menschen sollen sich bitte in Sicherheit bringen. Das Unwetter wird sehr schwer und kann eventuell, das von 1887 übertreffen, bei dem es fast 250 000 Tote gegeben hat.

Wie lange dieses Naturspektakel andauern wird ist bisher unklar. An der Küste werden Sturmfluten erwartet und in den Alpen ein Temperaturabfall von mehr als 25 Grad Celsius. Das war der Wetterbericht für heute. Und nun wieder Musik…"

Papa drückte auf den Power-Knopf des Radios und macht es aus.

„So ein Humbug. Niemals im Leben wird es so ein schweres Unwetter geben. Die übertreiben mal echt wieder maßlos."

Selina, Henrik und ich saßen, schockiert von dieser Nachricht im hinteren Teil des Autos und starrten aus der Frontscheibe auf die aufziehenden Wolken, die aber noch nicht bedrohlich aussahen.

„Ich glaub auch nicht daran", warf meine Mutter ein.

Als wir endlich wieder zu Hause angekommen waren, stiegen wir aus dem Auto. Papa und Mama räumten das Gepäck aus und Selina, Henrik und ich gingen ins Wohnzimmer und redeten über die Nachrichten: „Glaubt ihr daran?", fragte Selina. „Naja, ich bin mir nicht so sicher. Papa müsste es ja wissen. Schließlich hat er sich jahrelang mit Meteorologie beschäftigt", sagte ich.

„Also ich habe schon Angst davor. Zwar hat Harald gesagt, dass es nicht so kommt, aber das glaube ich erst, wenn es Entwarnung gibt", erwiderte Henrik.

Harald war der Vorname meines Vaters. Auch wenn er diesen nicht besonders leiden konnte.

In Henriks und Selinas Augen war deutlich abzulesen, dass sie große Angst davor hatten.

In Selinas grünen Augen konnte man sogar eine kleine Träne erkennen. Es schien für sie, wie eine Hiobsbotschaft zu sein, dass solch ein Unwetter im Anmarsch war.

„Es passiert schon nichts Schwesterchen. Wir sind doch bei dir", beruhigte ich sie.

Mittlerweile war der Himmel schon zugezogen und es begann zu regnen. Aber nur ganz leicht. Ist es vielleicht doch wahr? Oder übertreiben die Medien tatsächlich wieder?

3. Das Unwetter

Jetzt war es 17:00 Uhr. Alle waren im Wohnzimmer und warteten auf das Unwetter.

Es regnete draußen. Aber wirklich nicht stark. Ein ganz gewöhnlicher leichter Sommerregen.

Auf einmal stand Papa auf und sagt: „Ach, ich habe es echt satt hier so rumzusitzen. Lasst uns zu Oma fahren. Dort waren wir ohnehin schon lange nicht mehr."

„Oh ja, das ist eine gute Idee Harry. Möchtest du mitkommen Henrik?", fragte Mama.

„Oh ja, gerne", antwortete Henrik.

„Na immerhin habe ich dann noch dich, Henrik", sagte ich sichtlich genervt von dem Vorschlag meines Vaters und ging in mein Zimmer, um mir ein paar andere Sachen anzuziehen. Henrik kam mir nach: „Was ist denn mit dir los, Paul? Wie kann es sein, dass ich mich mehr auf deine Oma freue, als du, ihr Enkel? Du hast doch Angst vor dem Unwetter, oder?"

„Ja, hab ich. Ich habe Angst das uns etwas zustößt."

„Ach nun komm schon. Guck doch mal nach draußen. Es ist bereits 17:30 Uhr und es regnet nur ein wenig. Ein ganz normaler Sommerregen. Los jetzt! Zieh dir deine neuen Sachen an und dann komm! Es wird schon nichts passieren."

„Na gut, wenn du meinst."

Henrik verließ mein Zimmer und lief die Treppen hinauf zu Selina.

„Hey Süße."

„Hey Henrik."

„Hast du noch Angst vor dem Unwetter?", fragte er Augen zwinkernd.

„Nein, eigentlich nicht. Du siehst es ja selbst. Draußen ist nur ein wenig Nieselregen. Das Einzige, was vielleicht annähernd stimmt ist die Sache mit Temperaturabfall. Es sind mittlerweile nur noch 13 Grad." Prüfend sah Henrik auf das Thermometer, das auf Selinas Fensterbrett stand, um sich selbst zu überzeugen. Aber er signalisierte ihr mit einem Schulterzucken, dass dies noch völlig im Rahmen lag.

„Wann wollen wir es den anderen sagen, dass wir zusammen sind?", fragte Henrik.

„Ich weiß es noch nicht. Am besten sagen wir es, wenn wir bei deiner Oma am Abendbrottisch sitzen. Da denke ich, ist ein guter Zeitpunkt."

„Ok. Das können wir machen. Ich hoffe nur, dass es Paul nicht zu sehr schockiert."

„Ach quatsch. Das glaub ich nicht. Ihr kennt euch nun so lange. Da wird das sicherlich kein Problem sein."

„Los jetzt. Lass uns runtergehen, sonst werden die andern noch ungeduldig."

Gemeinsam gingen die beiden die Treppen hinunter, jeder schnappte sich eine Jacke und sie gingen schließlich vor die Tür, wo Papa bereits das Auto vorgefahren hatte.

Sie stiegen zu Mama, Papa und mir ins Auto und wir fuhren los.

Am Himmel zogen nun richtig fette, schwarze Wolken auf. So dunkle Wolken hatte ich noch nie gesehen. Ein Blitz zuckte durch und es gab einen lauten Donnerschlag. Es begann plötzlich zu hageln, aber nur ganz kleine Körner, also noch kein Grund sich Sorgen zu machen. Anscheinend hatte der Wetterbericht aber jetzt doch Recht mit dem drohenden Unwetter und der kleine Sommerregen war der Beginn der gefährlichen Wetterfront und der Rest davon zog nun auch auf. Auf der Autobahn verschärfte sich die Situation durch die Nachrichten im Radio noch mehr:

„In Hamburg ist eine riesige Sintflut auf die Küste gestoßen und hat die Stadt total überflutet, teilweise wurden auch Häuser vollkommen zerstört. Die Welle reichte bis weit aufs Festland und würde in den nächsten Minuten noch mehr Schaden anrichten. Noch nie haben Meteorologen, solch eine Riesenwelle gesehen. Mit etwa 120 Metern Höhe ist sie die größte ihrer Art. Die Wassermassen könnten sogar noch Leipzig erreichen. Allerdings ist nicht davon auszugehen, dass die Stadtmitte überflutet wird. Allen anderen Bürgern wird geraten, aufgrund des Hagels sich in Autos oder geschlossenen Räumen aufzuhalten."

Aus dem mittlerweile kleineren Unwetter ist nun eine riesige Katastrophe geworden. Wenn ich mir vorstelle, dass an der Nordseeküste über 100 Millionen Menschen leben, dann will ich mir gar nicht ausmalen, was für ein Blutbad dort oben durch diese riesige Welle angerichtet wurde. Mir wurde nach dieser Nachricht speiübel im Magen.

Selina fing an zu weinen. Unter Tränen sagte sie: „Wären wir doch nur zuhause geblieben. Dort wären wir in Sicherheit. Ich habe Angst ..."

Keiner wagte einen Kommentar von sich zu geben. Wir fuhren einfach weiter.

Draußen prasselte der Regen auf das Auto und die mittlerweile kirschgroßen Hagelkörner zersprangen auf der Motorhaube. Sie hinterließen kleine Dellen in der

Karosserie des Autos. Mein Vater fuhr scheinbar ebenso schockiert von der Nachricht mit Tunnelblick von der Autobahn runter und weiter Richtung Pirna-Schifftorvorstadt.

Im Auto war eine Totenstille eingekehrt. Man hörte lediglich das Unwetter, den Motor des Autos und das Schluchzen von Selina, der ihre langen blonden Haare an den Wangen klebten.

Und so fuhren wir über den Autobahnzubringer, auf den wir eben abbiegen. Alle schwiegen. Ein großer Blitz zuckte durch den dunklen Himmel, gefolgt von einem ohrenbetäubenden Donnerschlag. Draußen nahm schließlich auch noch der Wind zu und der Niederschlag wurde noch heftiger.

Die Bäume zogen an uns vorbei und schwankten im Sturm, die Straße lag voller Hagel und war auch noch an vielen Stellen vom Wasser überschwemmt. Eine Abfahrt folgte der nächsten. Wir fuhren auf einer Nord-Süd-Verbindung entlang.

Am Himmel veränderte sich dann langsam die Wolkenstruktur und aus einer riesigen fetten dunklen Wolke bildete sich mehr und mehr ein Trichter. Dieser sank sich langsam zu Boden. Ich wusste, was sich da vor uns aufbaute, denn ich hatte das schon mal in einem Katastrophenfilm gesehen und davon gab es sehr viele in

Nordamerika. Es war tatsächlich ein Tornado und zwar ein richtig großer. Mama gab einen lauten Schrei von sich, als sie das riesige Teil vor uns sah und dieses kam auch noch auf uns zu.

Papa trat sofort voll auf die Bremse und brachte das Auto zum Stehen. „HEILIGE SCHEISSE!", brüllte er dann. „Das ist ein gigantischer Tornado!", schrien die anderen. Keiner von uns hatte auch nur eine Idee wie wir uns nun noch retten könnten. Selina weinte nun sogar noch lauter. Auch Mama war den Tränen nah und mir fiel nichts Besseres ein, als „Ach du Scheiße" zu sagen.
„Susi? Harry? Paul? Wir müssen euch noch etwas sagen! Bevor es vorbei ist!", hetzte Henrik.
Keiner antwortete aber. Alle starrten auf den aufziehenden Wirbel.
„Selina und ich...wir sind seit drei Wochen ein.....", weiter kam Henrik nicht, weil ein riesengroßer Knall alle aus ihren Gedanken riss. Das Auto wurde in die Luft geschleudert. Selina, Henrik, Mama, Papa und ich wurden aus unseren Sitzen gerissen, weil die Gurte nachgaben und wurden von den Böen hin und her geworfen.
Schreie. Mehr konnte ich nicht mehr wahrnehmen.

Nach zwei Minuten lagen wir alle wild verstreut im Auto herum. Das Auto aber kämpfte weiterhin gegen das Unwetter an. Am Himmel zucken Blitze entlang.

Zu jedem dieser Blitze gab es einen höllischen Knall.

Mit einem dieser Donner wurde mir plötzlich schwarz vor Augen und ich wurde ohnmächtig.

Als ich wieder aufwachte wurde es wieder ruhiger.

Henrik traute sich als erster aus dem Fenster zu schauen. Als er sah, was sich außerhalb des Autos abspielte, zuckte er erst einmal zusammen und sank zurück auf den Boden, auf dem er unsanft gelandet war.

Die Gurte waren allesamt aus ihren Verankerungen gerissen. Die Frontscheibe hatte einen großen Riss und das Radio war verstummt.

Immer noch war der Himmel mit dicken schwarzen Wolken verhangen und es regnete noch. Aber weit und breit sah ich nur Wasser, nur Wasser.

Das rote Auto meines Vaters schwamm mit uns wie ein kleiner Kahn auf den nicht mehr vorhandenen Wellen eines schier unendlich großen Ozeans.

Wo waren wir nur? Was ist passiert? Ich wusste es nicht mehr. Und auch Henrik, Selina und die andern wussten es nicht, nachdem sie sich mit der aktuellen Situation außerhalb des Autos vertraut gemacht hatten.

All diese Fragen schwebten in der Luft, und keiner wusste weder aus noch ein...

4. Eine lange Reise

Langsam riss die Wolkendecke wieder auf und die ersten Sonnenstrahlen erleuchteten die dunkle See.

Entsetzt starrten alle nach draußen und nahmen alle unsere Ursprungspositionen wieder ein.

Nach langem Schweigen ergriff endlich Mama das Wort: „Wo sind wir?", fragte sie, „leben wir noch?", fuhr sie mit der Frage fort.

Keiner antwortete. Noch immer starrten alle aus dem Fenster und konnten kaum glauben, was da draußen vor sich ging.

„Hallo? Ich rede mit euch!", genervt drehte sich Mama nun zu uns nach hinten und schaute uns mit einem strengen aber ängstlichen Blick an.

„Keine Ahnung. Vielleicht auf dem Meer?", sagte ich.

„Ganz tolle Antwort. Echt super! Soweit war ich auch schon", erwiderte sie.

„Vielleicht ist das Ganze auch nur ein Traum oder ein ganz mieser Trick. Am besten, ich mache einfach die Autotür auf und dann sehen wir, dass wir bei Oma vor der Haustür stehen."

Optimistisch, aber auch wagemutig wie immer, setzte Mama ihre Hand an die Türklinke. Auf einmal schrie aber

Selina: „NEIIIN!!! Nicht aufmachen! Was ist, wenn da draußen doch Wasser ist. Dann gehen wir unter. Außerdem sieht das dort draußen so echt aus, das kann nur echt sein."

„Ach, so ein Unsinn! Da draußen steht Oma und lacht sich ins Fäustchen. Da bin ich mir absolut sicher."

Papa, Henrik und ich konnten immer noch nichts Sinnvolles dazu beitragen. Wir waren immer noch zu sehr von dem Anblick des großen weiten Ozeans geschockt, dass wir nichts Konstruktives zu der Unterhaltung der beiden Frauen beitragen konnten.

Mama zog dennoch am Hebel. Die Tür wurde aufgerissen und schlagartig strömten Unmengen Wasser in das Auto.

Selina schrie: „MAMA!!!"

Selina krallte sich an Henrik fest, der neben ihr saß und Henrik hakte seine Fingernägel in meinen Oberarm.

‚Das tut ja auch überhaupt gar nicht weh. Bohre ruhig deine Krallen weiter in meinen Oberarm', dachte ich.

Papa sprang reflexartig auf, stieß sich den Kopf am Dach und versuchte dann zusammen mit Mama die Tür zu schließen. Erfolgreich.

Selina, Henrik und ich saßen wimmernd im Hinterteil des Fahrzeugs. Endlich hatten meine Eltern es geschafft die Tür wieder vollständig zu verriegeln und lehnten sich schnaufend zurück. Es war ein enormer Kraftakt die Tür wieder zu schließen.

Das Auto hatte jetzt einen starken Tiefgang. Das Wasser war schon auf Höhe der Fensterscheiben unseres Autos zu sehen. Außerdem stand es jetzt auch noch kniehoch im Wagen. Eiskalt und nass. Wie Meerwasser halt so ist.

Mit einem mal schrie Henrik plötzlich auf: „AHHHHH!! VERDAMMT! Mich hat etwas gebissen!" Henrik zog seinen Fuß aus dem Wasser und suchte aufgeregt im Wasser nach dem Grund.

„Wo Henrik!? Wo!?", fragte ich ihn aufgeregt.

„Am Fuß. Mich hat etwas in den Fuß gebissen", jetzt fing er an zu heulen. Selina stimmte auf sein Geheule mit ein und so machten sie im Duett eine Unterhaltung fast unmöglich. Ich fragte mich manchmal, wie alt Henrik eigentlich war. 9 Jahre alt oder gar vielleicht noch etwas jünger?

„Ich will wieder nach Hause!", rief Henrik unter Tränen.

„Ich auch!", gab Selina hinzu. Völlig durcheinander redeten sie auf meine Eltern ein, dass man kaum sein eigenes Wort verstehen konnte.

Jetzt endlich sorgte Papa für eine entsprechende akustische Entspannung: „RUHE!! JETZT REICHT ES! Wir sitzen hier alle im selben Boot!"

Schlagartig wurde es still. Die beiden Heulsusen gaben Ruhe und Papa fuhr mit einer ganz ruhigen aber vorsichtigen Stimme fort: „Vom Weinen wird unsere Situation auch nicht besser. Wir müssen uns jetzt konzentrieren. Wie gesagt, wir sitzen hier alle im selben Boot. Tragen wir doch mal zusammen, was bis jetzt alles passiert ist und wie die Situation im Moment aussieht."

„Ein Tornado hat uns irgendwo auf das Meer getragen", sagte Mama.

„Mama ... hat die Tür geöffnet und uns fast alle umgebracht", fuhr ich fort.

Mit einem Mal funkelte Mama mich mit ihren Augen an. Ich glaube, ich habe sie mit diesen Worten wütend gemacht. Aber Papa versuchte sie sofort wieder zu beschwichtigen: „Susann, hör auf. Dein Kind kann doch auch nichts für die aktuelle Situation ... und du natürlich auch nicht."

„Ist ja ok. Du hast ja auch recht. Ohne deine Hilfe wären wir wahrscheinlich hilflos ertrunken...", sagte Mama zu Papa.

„Also eigentlich sind wir mitten auf einem riesigen See, Meer oder gar Ozean einsam und alleine verloren. Irgendwo am Arsch der Welt", fuhr Papa fort.

„Im Grunde genommen ja", sagte ich.

„Na dann Mahlzeit meine Lieben. Dann werden wir hier wohl verhungern", mit betrübtem Gesicht sah Papa nach draußen auf das Wasser.

„Wenn wir nicht vorher aufgefressen werden von einem Hai oder so...", rief Selina von hinten zu ihm.

„Das ist wohl wahr. Wie geht es deinem Fuß überhaupt Henrik?"

„Ist schon ok. Es blutet ein wenig, ist aber nicht schlimm", antwortete Henrik.

„Dann ist ja gut."

Henrik und Selina beruhigten sich langsam wieder und wir konnten endlich Überlegungen zu dem anstellen, was Henrik gebissen hatte.

„Was war das wohl, was mich da gebissen hat?", fragte Henrik.

Mama antwortete: „Vielleicht irgendein Tier, das es hier mit rein gespült hat. Am besten wir beobachten das Wasser die ganze Zeit. Aber viel wichtiger ist die Frage, wie wir hier überhaupt überleben wollen ohne Essen."

Kurze Zeit verstummte wieder alles.

Plötzlich hatte Mama eine Idee: „Wisst ihr was?"

Alle im Chor antworteten: „Nein!"

„Ich war doch am Wochenende einkaufen. Und ich habe, weil euer Vater noch nicht da war, auf ihn warten wollen, damit er mir den Einkauf ins Haus trägt. Also müsste dieser theoretisch noch im Kofferraum sein", mit einem hoch erfreuten Gesicht strahlte Mama mich an.

„Ähm ... Mama. Ich will ja Nichts sagen und das ist toll, dass wir noch etwas im Kofferraum haben, von dem wir uns ernähren können, aber ... das Wochenende, an dem du einkaufen warst, ist schon neun Tage her. Ich befürchte du hast dich da ein wenig verrechnet, was das Datum angeht. Ich glaube auch nicht, dass das noch schmeckt...", erwiderte ich ihre optimistische Einstellung.

Augenblicklich verschwand ihre neue Hoffnung. Aber sie kam sofort wieder: „Ach Quatsch, das Zeug hält Monate. Das ist doch alles nur noch Atomfutter mit gefälschtem Haltbarkeitsdatum. Wir gucken einfach mal nach. Greif doch mal hinter deinen Sitz Paul und hole alles vor, was du in die Finger bekommst."

Ich griff hinter mich und holte viele Leckereien aus dem Kofferraum. Es gab aber nun ein weiteres Problem: Die meisten Sachen waren aufgeweicht vom Wasser.

Lediglich zwei Packungen Salami, Käse, ein Sixpack Orangensaft und ein kleines Fass Bier waren noch brauchbar. Der Rest wurde vom Wasser leider ungenießbar. Nun hatten wir nur noch die paar Dinge und ein unbekanntes Tier, das im Fußraum unseres Autos sein Unwesen trieb.

Was für ein mieser Tag!

5. Ankunft am Ziel auf der linken Seite

Es vergingen Stunden. Stunden, in denen nichts geschah. Wir konnten lediglich das Wippen der Wellen und das Rauschen des Wassers wahrnehmen.

Nach einer gefühlten Ewigkeit der Stille, in der keiner etwas gesagt hat, ergriff Selina endlich das Wort: „Ich hab Hunger!"

„Du weißt doch, dass wir ganz dolle sparen müssen. Wir haben nur noch ganz wenig zu essen. Wir müssen also versuchen, so lange wie möglich, mit dem auszukommen, was wir noch haben", antwortete Mama.

„Aber ich sterbe, wenn ich nicht gleich etwas zwischen die Kiemen bekomme."

„Na, dann nimm dir ein paar Scheiben Salami. Aber dann hast du für die nächsten drei Stunden erst einmal genug."

Gierig griff Selina in unsere Vorratstüte und angelte sich ein paar Scheiben Salami heraus.

„Kann ich auch was trinken?"

„Ja, nimm dir eine Flasche Orangensaft. Die muss für dich für heute und morgen reichen."

„Ist ok. Mit so einer Flasche komme ich sogar über drei Tage."

Bei dem Anblick, Selina essen zu sehen, überkam mich auch der Wille etwas zu essen. Aber ich riss mich zusammen und schaute einfach aus dem Fenster.

Wieder kehrte Totenstille in das Auto ein. Niemand sagte etwas. Nur das Rauschen des Meeres und der Atem der anderen waren noch zu hören.

Es vergingen Minuten, Stunden, Tage der Stille. Nichts passierte. Das Auto trieb weiterhin auf dem Meer und so langsam neigten sich unsere Nahrungsvorräte dem Ende.

„Wenn unser Essen alle ist, dann haben wir ein echtes Problem", sagte ich in ernsten Worten.

Henrik stieg sofort in das Gespräch mit ein: „Oh ja, und wenn wir kein Essen mehr haben, dann verlieren wir nach etwa vier Tagen den Verstand, nach fünf Tagen werden die ersten bewusstlos und nach sechs Tagen sterben die ersten. Und wer am siebten Tag noch lebt, beginnt dann seine Triebe aus der Urzeit der Menschen an den anderen auszulassen. Mit anderen Worten, er wird zum Kannibale und das ist echt übel."

„Wenn es wirklich so kommen sollte, dann haben wir eben Pech", sagte Papa kalt. „Wie kannst du so etwas bloß sagen", kam es dann von mir.

Er war immer noch der Alte. Direkt wie immer. Aber wo er Recht hat, hat er Recht.

„Aber dann sterben wir ja alle!!", fing Selina sofort wieder an zu schreien. Henrik legte seine Arme um sie und beruhigte sie.

„Was ist eigentlich mit euch beiden los? Ihr fummelt schon seit drei Tagen die ganze Zeit an euch herum. Läuft da was zwischen euch?", warf ich in den Raum.

„Nun ja...", Henrik wurde sofort wieder von mir unterbrochen.

„Überlege dir jetzt gut was du sagst. Unsere Freundschaft steht da nämlich auf dem Spiel!"

„Henrik und ich sind ein Paar, Paul", setzte Selina Henriks Satz fort.

„WAS! Du und meine Schwester! Das darf doch nicht wahr sein! Spinnst du eigentlich? Du, mein bester Freund und verknallst dich in meine Schwester?! Hackt es eigentlich? Wieso? Und ich hoffe, du weißt, was das für unsere Freundschaft heißt!"

Mama unterbrach mich in meiner Rede: „Jetzt komm doch mal auf den Boden der Tatsachen zurück. Was ist denn daran so schlimm, wenn Henrik und Selina zusammen sind? Das ist doch eigentlich gar nicht so schlimm."

„Es ist schlimm genug! Er ist immerhin mein bester Freund und sie ist meine Schwester!"

Meine Mutter aber meinte: „Na und? Das ist doch kein Grund! Also ich finde das toll. Bei Henrik weiß ich nämlich, dass meine Tochter in guten Händen ist. Ich habe mir immer einen Schwiegersohn wie ihn gewünscht."

„Jetzt weiß ich auch, warum du ständig zu Selina hoch gerannt bist. Das heißt, dass unsere Freundschaft vorbei ist. Du bist dann ja jetzt immer bei Selina oben", traurig senkte ich den Kopf und eine Träne kullerte über meine Wange.

„Ach Quatsch, wieso sollte ich denn sowas machen? Du bist mein bester Freund?!"

„Das habe ich dir doch erklärt", schluchzte ich.

„Das ist doch kein Grund!"

„Nach jahrelanger Freundschaft fängt mein bis dato bester Freund etwas mit meiner Schwester an."

Ich konnte es immer noch nicht glauben. Traurig und bedrückt lehnte ich mich an die Autotür und starrte aus dem Fenster. Ich dachte über das nach, was ich eben gehört hatte.

Plötzlich rief Papa: „Vögel!!"

„Ja! Henrik und Selina haben beide einen Vogel. Da hast du recht."

Empört und völlig aufgebracht schrie mich Selina an: **„Jetzt halt endlich deinen Mund!** Ich kann es nicht mehr hören!"

So laut hatte mich Selina noch nie angebrüllt. Sie musste Henrik also wirklich lieben.

Papa klinkte sich nun wieder ein: **„Ruhe jetzt!** Da oben am Himmel sind Vögel. Und wo Vögel sind gibt es auch Land."

„Du hast recht. Das heißt, in wenigen Stunden sehen wir vielleicht Land und können von dort aus dann nach Hause fahren."

Der Streit war bei dem Gedanken, dass wir bald wieder auf dem Festland sein würden, schnell wieder vergessen. Voller Vorfreude und neuer Hoffnung guckten alle aus ihren Fenstern und hielten nach Land Ausschau. Henrik sagte auf einmal: „Ankunft am Ziel auf der linken Seite."

Kichernd drehten sich alle in Richtung Henriks Fenster und schauten hoffnungsvoll aus seinem Fenster hinaus.

Mit strahlenden Augen betrachteten wir die Insel, die vor uns lag.

„Also theoretisch müssten wir an der Insel vorbei treiben. Das ist bei jeder Hochseeinsel so", gab Paul als Kommentar hinzu.

„Dann müssen wir wohl oder übel aussteigen", sagte Selina.

„Und wie wollen wir das machen? Sobald wir die Türen öffnen gehen wir unter", erklärte Henrik.

„Wir können ja über die Dachluke aussteigen", sagte dann Mama.

Also machten wir uns für den Ausstieg bereit. Wir hatten nur ein Problem. Um aussteigen zu können, mussten wir in den Fußraum treten, wo immer noch dieses unbekannte Tier herum schwamm. Aber das war allen irgendwie egal. Hauptsache aus dem Auto raus.

Jeder trat also in die überflutete Mittelkonsole des Autos und kletterte über die Dachluke ins Freie. Erst setzten wir uns alle auf das Auto drauf. Dann sprangen wir gemeinsam ins Wasser und schwammen weiter. Unermüdlich bewegten wir unsere Arme und Beine und kamen dem rettenden Ufer immer näher.

Aber was war das? Ich sah Selina plötzlich nicht mehr.

Ich schaute mich noch einmal genau um: Mama, Papa, Henrik und das rote Auto. Aber wo war meine Schwester?

„Wo ist Selina? Sie ist irgendwie verschwunden", fragte ich in die Runde.

Ich tauchte unter die Wasseroberfläche. Und dort war sie. Sie tauchte an einem Riff entlang und beobachtete die Fische. Eine wunderschöne Vielfalt an Farben prägte das Bild.

Ich schwamm wieder hinauf zur Wasseroberfläche. Mir ging die Luft allmählich aus und auch Selina musste langsam wieder Sauerstoff tanken.

Wir schwammen dann ans Ufer.

Es war ein tolles Gefühl, wieder aufrecht stehen zu können. Einfach unglaublich...

6. Gestrandet

Alle stiegen aus dem Wasser. Die Klamotten an unseren Körpern brachten wirklich jede Falte unserer Haut zum Vorschein.

Henrik, Papa und ich zogen schnell unsere T-Shirts aus und hängten sie auf einen Ast, damit sie trocknen konnten. Mama und Selina taten sich da etwas schwerer.

„Los zieht euch auch aus. Wenigstens das T-Shirt", versuchte Papa sie zu animieren. „Hier ist doch keiner. Zumindest keiner der euch was abgucken könnte. Alles was ihr unter dem T-Shirt habt, könnt ihr ja anlassen, aber nicht, dass ihr euch noch eine Nierenentzündung oder so etwas zuzieht! Das muss nicht sein."

Flehend sah Papa Mama und Selina an. Letztendlich war ihnen ihre Gesundheit doch lieber, als alles andere. Sie zogen ihre Oberteile aus und hängten sie ebenfalls zum Trocknen auf. Bei dem lauen Lüftchen, das wehte, war es wirklich nicht besonders intelligent, mit nassem Oberkörper durch die Gegend zu laufen.

Wir setzten uns nun alle an den Strand und starrten auf das weite Meer hinaus. Am Horizont war noch unser Auto zu erkennen, das uns hierher gebracht hatte.

„Und wovon sollen wir nun leben?", fragte Selina.

„Kokosnüsse, Beeren und versalzenes Wasser. Was anderes gibt es hier ja nicht", sagte ich.

„NEIN! Dann bin ich ja ab sofort Vegetarier. Oh nein! Das geht gar nicht! Das halte ich nicht aus!", plusterte sich Selina auf.

„Dir wird wohl nichts anderes übrig bleiben."

„So ein Mist."

Selina senkte den Kopf und starrte auf den Boden.

„Komm schon, du wirst es überleben."

„Ja, das werde ich. Die Frage ist nur, wie lange?"

„Selina hat recht", stieg nun auch Henrik in das Gespräch mit ein: „Wir werden hier entweder von wilden Tieren gefressen, oder verhungern, weil wir nicht genügend zu essen finden für alle..."

Es war wirklich zum Verrücktwerden. Keiner wusste weder ein noch aus. Auf der Insel war keine Menschenseele, zumindest dachte man das auf dem ersten Blick. Von Abenteuerfilmen, die ich mir immer mal im Fernsehen angeschaut habe, gab es mal einen Film mit einem Gestrandeten auf einer Insel und dieser wurde später von Kannibalen überrascht. Ob es hier vielleicht auch so etwas im Verborgenen geben könnte? Die ganze Zeit schon dachte ich mir:

„Wenn wir jetzt sterben, dann werden sie uns in 50 Jahren als Skelette hier vorfinden und groß über den Fund von 5 Leichen berichten."

„Ich geh mich mal erleichtern", sagte Mama.

„Ja, pass aber auf, dass du von nichts gebissen wirst. Wer weiß was hier so alles für Viehzeug herumläuft", warnte Papa.

Mama verschwand also im Gebüsch und Papa machte sich auf den Weg ein paar Stöcke zu sammeln. Selina, Henrik und ich halfen dabei.

Nach einiger Zeit begann es zu dämmern. Wir hatten mittlerweile einen riesigen Haufen Holz beisammen und überlegten, wie man am besten ein Feuer entfachen könnte.

Mama, die sich nach ihrem Ausflug ins Gebüsch wieder zu uns gesellt hatte und kräftig mit anpackte, hatte die erste zündende Idee:

„Wir brauchen noch etwas Trockenes, das sich leicht entfachen lässt", sagte sie.

„Was hast du vor Susi?", fragte Henrik erstaunt.

„Wenn wir etwas gefunden haben, dann werde ich einen Stock nehmen und ihn so lange auf der Stelle drehen bis es anfängt zu qualmen. Anschließend pustet man ein wenig bis sich das Feuer entfacht. Genauso wie bei den Steinzeitmenschen", antwortete Mama.

Das war natürlich eine raffinierte Idee. Sie hätte von mir sein können, war sie aber leider nicht.

Nach etlichen Versuchen und Pausen, weil die Arme von Mama schlapp machten, loderte vor unseren Füßen endlich ein kleines Feuer.

Es war dunkel geworden und der Urwald hinter uns nahm eine gruselige und unheimlich dunkle Gestalt an. Wer weiß, was sich dort drinnen befand.

Die Palmen am Strand warfen Schatten auf den Sand und das Meer rauschte.

Henrik und Selina rutschten nach und nach immer näher aneinander, bis schließlich Selina bei meinem besten Freund auf dem Schoß saß. Ich konnte es immer noch nicht begreifen, wie er sie lieben konnte und anders herum. Ich meine er war 16 Jahre und sie gerade mal 14. Das sind zwei Jahre Unterschied.

Die beiden schauten sich tief in die Augen und Mama rief von der anderen Seite des Lagerfeuers: „Los!! Jetzt küsst euch!"

Henrik schaute kurz zu Mama auf und warf einen prüfenden Blick auf mich. Ich sah ihn flehend an. Ob er wusste, dass ich das nicht wollte, dass er meine Schwester küsste? Wer weiß.

Aber ich glaube es war sinnlos. Denn langsam bewegten sich ihre Köpfe aufeinander zu und mit einem Mal berührten sich ihre Lippen. Man konnte deutlich sehen, dass durch beide ein Ruck ging. Wie, als hätten sie sich erschrocken.

Bei Selina hab ich es verstanden. Doch bei Henrik war es mir etwas schleierhaft, warum er so zusammengezuckt war. Er hatte ja schon die eine oder andere Freundin, wobei man sagen muss, dass seine längste Beziehung vier Monate gehalten hat und seine zweitlängste nur zwei Wochen. Also nicht sonderlich lange. Aber er hatte sich zuvor immerhin schon einmal mit jemandem herum gebissen.

Die zwei küssten sich immer noch. Ich konnte es mir nicht länger angucken und drehte mich mit dem Rücken zum Feuer.

Meine Mutter warf mir daraufhin einen verachtenden Blick zu. Ich stand auf und ging zu dem Ast wo wir unsere T-Shirts aufgehängt hatten.

Ich fasste sie an und durfte zu meiner Freude feststellen, das alle staubtrocken waren.

Ich zog mir meines schnell über den Kopf und klemmte Mamas und Papas unter meinen rechten Arm.

Ich lief zurück und gab den beiden die Sachen. Mit strahlenden Augen nahmen sie sie entgegen und zogen sie sich schnell an.

„Und was ist mit unseren?", fragte Selina.

„Hat der Hund gefressen. Holt sie euch doch selber!"

„Du bist so gemein. Freue dich doch mal darüber, dass dein bester Freund endlich eine Freundin gefunden hat."

„ENDLICH?!", erstaunt über die Aussage hob ich die Augenbrauen. „Vergiss es! Wie lange ist deine letzte Beziehung her? Vier Wochen, wenn ich mich recht erinnere!"

„Ach, halt doch den Mund. Sie ist die Liebe meines Lebens und ich liebe sie ja nicht erst seit drei Tagen, sondern schon seit über vier Wochen! Die Beziehung davor war nur Taktik. Ich gehe jetzt unsere T-Shirts holen, Süße." „Vier Wochen! Ich fasse es nicht!", fauchte ich dann.

Henrik gab Selina noch einen letzten Kuss für die nächsten zwei Minuten und schlenderte zum Ast mit den Sachen der beiden.

Als er wieder zurück kam, stülpte er Selina das Top über den Kopf und zog sich selbst auch wieder an.

„Du bist so egoistisch, Paul!"

„Nein, ich sehe mich nur in der Zukunft einsam und alleine ohne Frau, ohne Schwester und vor allem ohne Freund auf meinem Sofa sitzen", sagte ich mit betrübter Miene.

„Ach Paulchen", Henrik schmiegte sich nun wieder an Selina an. „Du hast mir vor langer Zeit einmal gesagt:

Freundschaft für immer. Und ich hatte vor dies einzuhalten. Ich bin nach wie vor dein Freund und du auch meiner. Und zwar der allerbeste, den man sich vorstellen kann!"

„Ich weiß. Ich finde das nur irgendwie nicht richtig. Und, ich weiß doch auch nicht. Ich kann es mir einfach nicht vorstellen mit der Freundin meines besten Freundes verwandt zu sein, und gleich gar nicht, mit ihr zusammenzuwohnen. Ich finde das irgendwie unmoralisch. Und außerdem, was ist denn wenn du dann zu mir kommst? Bist du dann nur noch mit Selina am Rumschmusen?"

„Nein, natürlich nicht. Wenn ich sage ich komme zu dir, dann komme ich auch zu dir. Das heißt zwar nicht, dass ich Selina völlig ausblende, aber du und ich sind dann zentrales Thema. Und genauso ist es auch, wenn ich sage ich bin bei Selina, dann ist unsere Beziehung im Mittelpunkt. Verstehst du?"

„Ja, ist okay."

Betrübt und traurig starrte ich auf den Boden und ließ den Sand durch meine Finger rieseln. Immer und immer wieder.

„Bist du dir wirklich sicher Paul?", hakte Henrik nach.

„Ja bin ich", ich hob meinen Blick nicht einmal ansatzweise. Mein Kopf blieb unten.

„Und wie sieht es mit dir aus, Süße? Ist das für dich auch okay?"

„Ja, natürlich. Solange du nicht immer bei Paul bist."

„Nein, bestimmt nicht."

„Dann ist es in Ordnung."

Mama und Papa waren mittlerweile auch zusammengerutscht und lagen sich in den Armen. Dabei tuschelten sie:

„Ach ja, weißt du das auch noch? Damals, als wir noch jung waren", flüsterte Mama.

„Nein, was denn?"

„Na, als wir in genau derselben Situation waren wie die drei heute."

„Ach so, das meinst du. Ja, das waren noch Zeiten."

Verträumt beobachteten die beiden den Sternenhimmel und streichelten sich gegenseitig.

Selina und Henrik taten dasselbe.

„Ich halte das nicht mehr aus! Ich gehe jetzt lieber."

Ich sprang auf und lief einfach davon.

„Hey, warte Paul, warte doch auf mich."

Henrik sprang ebenfalls auf und lief mir hinterher.

„Ich laufe ihm schnell nach und rede noch einmal mit ihm", rief er noch meinen Eltern und Selina zu und lief so schnell er konnte mir hinterher in die Dunkelheit.

7. Zwei Geschichten

Mama konnte vor lauter Schreck gar nichts sagen und unterbrach augenblicklich die Streicheleinheiten für Papa.

„Was ist nur mit ihm los?"

„Ich kann ihn verstehen Susi. Er hat Angst seinen Freund zu verlieren. Ich hatte in meiner Jugend einmal genau dasselbe Problem, wie Paul es eben hat und ich habe diesen Freund verloren."

„Na toll! Jetzt macht mir auch noch ein schlechtes Gewissen!", warf Selina ein.

„Oh, entschuldige Schatz. Das wollen wir doch gar nicht. Wir finden es toll, dass du mit Henrik zusammen bist. Er ist ein toller Bursche", erwiderte Papa. „Weißt du, ich habe damals diesen Freund nicht direkt wegen dem Mädchen verloren. Sondern aus einem Grund, der es nur indirekt belastet."

„Und der Grund wäre?" Ungeduldig auf eine Antwort wartend, rutschte Selina auf dem Boden hin und her und wühlte im Sand.

Papa fuhr nun fort: „Also, damals, als ich vielleicht 15 Jahre alt war, fing mein bester Freund etwas mit meiner Schwester an. Die beiden passten wunderbar zusammen.

Das fiel mir aber auch erst auf, als sie sich schon wieder getrennt hatten. Dadurch, dass mein Freund nur noch Augen und Ohren für Tamara hatte, vernachlässigte er mich und im Übrigen auch alles andere: seine Schule, seinen Sport und sogar seine Familie und nicht zuletzt halt auch mich. Ich habe mir dann gesagt, der hat eh keine Zeit mehr für mich, also suche ich mir eben einen neuen Freund. Das tat ich dann auch. Und nach ungefähr fünf Monaten trennten sich die beiden wieder. Mit einem Mal stand er dann wieder vor meiner Tür. Und was ich dann gemacht habe, könnt ihr euch ja wohl denken."

Traurig schaute Papa auf den Boden und ließ den Sand trübsinnig durch die Finger rieseln.

„Nein, können wir nicht", sagte Mama. „Was hast du dann gemacht?"

Papa ergriff wieder das Wort: „Ich habe ihm die Tür nie wieder aufgemacht. Er kam noch etwa zwei Wochen lang jeden Tag zu mir und ich ließ ihn draußen sitzen. Er saß meistens so ungefähr ein bis zwei Stunden dort."

„Oh, das ist ja echt traurig", sagte dann meine Schwester. „Aber Henrik würde so etwas nicht machen, da bin ich mir absolut sicher. Und wenn er es doch machen sollte, dann werde ich ihn darauf ansprechen. Ich will Paul ja nicht seinen besten Freund wegnehmen. Auf gar keinen Fall."

Papa ließ sich nach hinten in den Sand fallen und starrte in den Himmel. Es kehrte Ruhe um das Lagerfeuer ein. Man hörte nur das Rauschen der Wellen und das Knistern des Feuers.

Währenddessen lief ich immer weiter den Strand entlang. Es war stockdunkel. Nur der Mond erhellte die Insel.
Ich lief so schnell und so weit weg ich konnte. Auf einmal knackte es. Ein stechender Schmerz durchzog mein linkes Bein. Langsam sank ich zu Boden und hielt mir den Fuß. Aus der Ferne hörte ich Schritte. Henrik kam aus der Dunkelheit und kniete sich besorgt neben mich.
„Was ist los Paul, wieso liegst du hier so im Sand herum?", fragte er.
„Keine Ahnung, ich bin wahrscheinlich in irgendetwas getreten. Es tut höllisch weh", antwortete ich.
Henrik half mir hoch und stützte mich. Gemeinsam liefen wir zurück zur Feuerstelle. Auf dem Weg dorthin fragte mich Henrik: „Wieso bist du weggelaufen?"
„Ich habe es nicht mehr ertragen können."
„Was denn?"
„Na, dass ihr alle herum schmusen könnt und ich muss alleine im Sand sitzen und mich mit den Flöhen in meinen Haaren vergnügen."

„Ach so, verstehe. Entschuldige bitte. Ich achte in Zukunft darauf, dass nicht genau vor dir zu machen, okay?"

„Ja. Ist schon okay. Aber weißt du, ich habe noch bevor wir uns kennen gelernt haben, also vor knapp zehn Jahren, einen Freund gehabt. Und diesen habe ich wegen etwas völlig banalem verloren."

„Wegen was denn?", hakte Henrik nach.

„Ich habe ihn verloren, weil er damals in ein Mädchen verliebt war. Als sie ihn verlassen hat, ist er völlig durchgedreht. Er hat nur noch von ihr geredet, nur noch von ihr geschwärmt und sich selbst runter gemacht. Und einige Wochen später sind die beiden wieder zusammen gekommen. Das hielt allerdings nicht lange und sie trennten sich endgültig. Andrea, die Ex-Freundin meines Kumpels, hatte es nun auch auf mich abgesehen, was Mobbing und der Gleichen angeht. Eigentlich hatte ich absolut nichts mit ihr zu tun gehabt, aber sie und ihre beste Freundin Lucy machten uns runter, wie es noch keiner getan hatte.

Und ich habe anschließend unsere Freundschaft gekündigt, um den täglichen Strapazen zu entgehen. Ich meine, ich war erst fünf ein halb, aber Mobbing gab es auch schon in dem Alter."

„Und was war der Auslöser für den Streit zwischen euch?", fragte Henrik.

Mein Freund, der übrigens Florian hieß, hatte Andrea auf den Mund geküsst."

„Mehr nicht?"

„Mehr nicht!"

„Krass. Und wieso haben die dich mit reingezogen?"

„Das habe ich bis heute noch nicht verstanden. Die Begründung von Andrea und Lucy war immer dieselbe: >>Ihr seid Freunde, also müsst ihr auch gemeinsam dafür blechen<<"

„So eine sinnlose Begründung habe ich ja noch nie gehört! Aber egal. Da vorne sind die anderen. Dort schauen wir uns dann mal deinen Fuß an. Das ist jetzt viel wichtiger."

8. Verwundet

Als Henrik und ich am Lager ankamen, setzte mich Henrik vorsichtig in den Sand und kümmerte sich umgehend um meinen Fuß.

Nach wenigen Augenblicken fragte Selina:

„Was machst du denn an Pauls Fuß?"

Henrik antwortete: „Paul ist in irgendetwas reingetreten, und jetzt blutet der Fuß."

„Oh Gott, mein armes Brüderchen. Tut es sehr weh?"

„Nein, es geht schon", antwortete ich. „Und was ist, wenn du in irgendetwas Giftiges getreten bist?", fragte Selina und dachte daran, dass sie ihren Bruder verlieren könnte. „Wollen wir hoffen, dass es nichts dergleichen ist", sagte dann Henrik.

Selina kam Henrik anschließend zur Hilfe und gemeinsam beguckten sie meinen Fuß.

„Was meinst du Schatz, ob wir mit Meerwasser die Wunde desinfizieren können?", fragte Henrik.

„Nein! Auf keinen Fall. Mit Meerwasser kann man nur konservieren, mehr nicht. Wir brauchen Huflattich, falls es hier überhaupt welchen gibt."

Selina sah sich um und ging kurze Zeit später auf ein Grasbüschel zu, welches unweit vom Strand entfernt wuchs.

„Na bitte, hier ist doch welches", rief sie zu uns hinüber.

Mit schnellen Schritten kam sie zurück und verband meinen Fuß.

„Danke Schwesterherz."

„Hattest du jetzt eigentlich noch etwas in der Wunde gefunden, Henrik?", fragte Selina.

„Nein, da war nichts weiter außer Blut."

„Dann ist ja gut. Dann können wir nur hoffen das es sich nicht entzündet."

Selina setzte sich wieder neben Henrik und schmiegte sich an ihn. Erst ließ er sich darauf ein, dann blickte er mich kurz an und scheinbar fiel ihm in diesem Moment unser Gespräch von vorhin ein. Er blockierte also die Kuschelattacke von Selina, stand auf und signalisierte ihr mit einem einfachen Handzeichen ihm zu folgen.

Die beiden gingen ein Stück den Strand entlang bis man nur noch ihre Umrisse erkennen konnte. Man hörte nur noch ein schwaches Wispern von den beiden. Wenige Augenblicke später kamen sie wieder zurück und setzten sich.

„Wovon wollen wir uns jetzt eigentlich ernähren?", fragte Papa. „Ich habe einen Mordshunger."

„Tja, keine Ahnung. Ich bin auch schon die ganze Zeit am Überlegen. Heute bekommen wir jedenfalls nichts mehr zwischen die Kiemen."

„Das hab ich mir schon fast gedacht. Ich denke, es ist besser, wenn wir jetzt erst einmal versuchen zu schlafen", sagte Papa.

„Ich denke auch. Ich bin hunde..." Mit einem lauten Gähnen unterbrach Henrik seinen Satz und fuhr dann fort: „...,naja den Rest des Wortes könnt ihr euch auch denken."

Mama und Papa schmunzelten und legten sich auf die Seite um zu schlafen.

Wir drei Kinder taten dasselbe.

Ich versuchte zu schlafen. Doch alle Versuche waren vergeblich. Ich wusste nicht mehr genau wie spät es war, aber ich vermutete, dass es ungefähr Mitternacht sein müsste. Nach, keine Ahnung vor wie langer Zeit, hörte ich ein Geräusch. Es klang wie Selina. Ich dachte sie weint. Ich schaute zu ihr hinüber und sah, dass sie zitterte. Ich überlegte, ob ich sie ansprechen sollte. Aber ich ließ es letztendlich doch sein und sank kurze Zeit später in den Tiefschlaf.

Ob das Weinen von Selina etwas mit dem Gespräch von Henrik und ihr vorhin zu tun hatte?

9. Reset

Am nächsten Morgen wachte ich als Erster auf. Es war hell geworden und ich konnte wegen der Sonne nicht mehr schlafen. Das Feuer war erloschen und die Möwen kreisten über dem blühenden Urwald. Ich stand also auf und lief ein Stück in den Wald, um mich zu erleichtern.

Als ich wieder zurück kam, waren auch Papa und Henrik schon aufgewacht.

„Guten Morgen", rief ich den beiden zu, „auch schon ausgeschlafen?"

Grinsend lief ich auf sie zu.

„Was hast du denn gefrühstückt?", fragte Papa, der sichtlich genervt von meiner guten Laune war.

„Noch nichts."

„Dann liegt es daran."

„Aber apropos essen. Wie wollen wir hier eigentlich ohne Supermarkt überleben?", fragte ich dann.

„Gute Frage, aber deine Mutter liest doch immer solche komischen Frauenklatschblätter. Da wird bestimmt auch mal was über ein Survivaltraining drin gestanden haben."

„Das könnte sein. Dann wecke ich sie mal am besten, ich habe nämlich einen Mordshunger."

„Nein! Bloß nicht! Wenn Susi nicht richtig ausschlafen darf, ist sie unerträglich", warf Henrik ein.

„Was hängst du dich jetzt eigentlich da rein? Das ist eine familieninterne Angelegenheit. Also halte dich bitte raus!", sagte ich streng.

„Äh, hallo? Ich gehöre wohl plötzlich nicht mehr zur Familie? Du bist ja echt nett!", sagte Henrik in einem empörten Tonfall.

„Na, na, na, ihr beiden. Jetzt kommt erst mal wieder runter. Erstens, wir wecken Susi jetzt...", Henrik unterbrach Papa.

Er sagte: „Dann buddel ich mir schon mal ein Grab."

„RUHE JETZT HENRIK!", schrie Papa sehr laut.

„Ich wecke sie! Ich habe nämlich auch Hunger. Und zweitens! Henrik gehört nach wie vor zur Familie. Er hat ja Recht mit Susi, sie ist unerträglich, wenn man sie weckt, aber wir haben gar keine andere Wahl."

„Papa!", sagte ich erneut streng.

„Dasselbe gilt auch für dich Paul! Ihr haltet jetzt mal für eine Stunde die Luft an und macht euch nützlich. Ich habe zum Beispiel dort hinten einige Palmen gesehen. Ihr könnt ja mal gucken, ob es Kokosnüsse gibt und ein paar mitbringen. Und zwar **ohne Widerrede!"**

„Ja!", sagten Henrik und ich im Chor und machten uns mit gesenktem Kopf auf den Weg.

„Ich weiß, Papa hat gesagt, dass wir jetzt nicht darüber reden sollen, aber Selina hat gestern Abend bitterlich geweint. Weißt du warum?", fragte ich.

„Nein!", antwortete Henrik trocken.

„Sicher?", hakte ich nach.

„Ja Mann! Lass uns jetzt diese scheiß Kokosnüsse vom Baum holen, damit wir mal was zwischen die Beißer bekommen!"

Ohne ein weiteres Wort miteinander zu wechseln, suchten wir uns jeder eine Palme und versuchten hinaufzuklettern. Aber es ging verdammt schwer. Die Bäume waren alle etwa zehn Meter hoch, also musste ich einige Pausen zwischendurch machen. Ich schaffe es ja schon in der Schule kaum die sechs Meter hohe Kletterstange, aber hier musste ich jetzt mal kämpfen.

‚Es geht hier ums blanke Überleben', hatte Mama gestern im Schlaf vor sich her gemurmelt. Und sie hatte damit auch nicht Unrecht.

Nach einigen anstrengenden Kletterphasen, hatte ich es endlich geschafft und ich saß auf der Spitze des Farngewächses.

Ich sah hinüber zu Henrik und musste feststellen, dass er schon die ersten Kokosnüsse nach unten befördert hatte und wieder auf dem Rückweg zum sicheren Boden war.

Ich rüttelte an einer der braunen Kugeln. Aber sie wollte sich einfach nicht lösen. Ich rüttelte immer stärker an der Steinfrucht.

Mit einem Mal rief Henrik mir zu: „Du musst einfach mit dem Fuß kräftig zutreten, dann fällt sie ganz von alleine hinunter."

„Danke", antwortete ich und brachte mich in Position. Ich zielte und trat aber ins Leere.

Von unten hallte ein hämisches Lachen zu mir hoch.

„Sei nur still du Angeber. Es kann nun mal nicht jeder der Beste sein. Auch nicht im Kokosnüsse pflücken!"
Ich setzte zum zweiten Stoß an, traf und die Kokosnuss fiel mit einem dumpfen Aufprallgeräusch zu Boden.

So machte ich es auch mit den nächsten. Als ich nicht mehr konnte, stieg ich die Palme wieder hinunter und sammelte alle Kokosnüsse auf, die ich in der näheren Umgebung meiner Palme fand und lief mit etwa einem halben Dutzend von ihnen wieder zurück zur Feuerstelle.

Als ich an der Feuerstelle ankam, musste ich erstaunt feststellen, dass bis auf die Abdrücke im Sand niemand mehr da war. Außer Henrik natürlich. Er stapelte seine Beute vom Baum sorgsam, nahm mir anschließend auch meine Kokosnüsse ab und stapelte auch diese.

„Wo sind die andern hin?", fragte ich Henrik.

„Sie sind in die andere Richtung gelaufen, um nach weiteren Sachen Ausschau zu halten, die wir gebrauchen könnten, wie Bananen oder Mangos", antwortete er.

„Ach so. Und was machen wir jetzt?"

„Am besten, wir gehen noch ein wenig Feuerholz sammeln. Dann haben wir genug für heute."

Gemeinsam stiefelten wir in den Wald und sammelten ein paar Stöcke und Zweige.

Plötzlich knackte es im Unterholz.

Henrik und ich zuckten zusammen.

„Was war das?", raunte ich Henrik ins Ohr.

„Keine Ahnung. Vielleicht ein Tier? Ein Löwe. Ein Tiger. Oder vielleicht auch eine Kobra."

„Und was machen wir jetzt?", verängstigt sah ich Henrik an.

„Gute Frage. Am besten sehen wir zu, dass wir von hier schnellstens wegkommen!"

Ich setzte seine Worte sofort in die Tat um und sprintete, so schnell ich konnte, zurück zur Lagerstelle. Ich schmiss das Feuerholz auf den Strand und setzte mich, um wieder Luft zu holen. Komischerweise war ich schneller gewesen als er. Wahrscheinlich konnte ich in Todesangst auch Bäume ausreißen. Aber egal.

Die andern stießen nun auch zu uns und beruhigten Henrik und mich erst einmal.

„Was ist denn mit euch passiert? Ihr seht total fertig aus“, fragte Selina uns mit besorgter Miene.

„Wir … da war … nein… ich…“

Mehr als nur stottern konnten Henrik und ich allerdings jetzt nicht.

„Ach egal“, sagte Mama. „Hier, esst eine Banane und dann reden wir ganz in Ruhe darüber.“

Sie reichte jedem von uns eine Banane und wir verschlangen sie im Nu. Schließlich hatten wir heute noch nichts gegessen.

Nachdem wir uns von unserem Schreck erholt hatten, fragte Henrik: „Sind das alle, die ihr gefunden habt?“

„Wenn du die Bananen meinst, dann ja“, antwortete Mama.

Zu unseren Füßen lagen etwa 15 Bananen. Nicht viel für fünf Mann.

„Oh Gott, das ist wie als hätte man all unsere technischen Fortschritte zurückgesetzt. Keine Supermärkte, keine Computer und was das Schlimmste ist: kein sicheres Dach über dem Kopf“, mit Tränen in den Augen legte ich mich zurück in den Sand.

Selina kam zu mir und versuchte mich zu trösten: „Ach komm schon. Uns geht es doch bisher relativ gut. Immerhin schwimmen wir jetzt nicht mehr auf dem Meer.“

„Ja, da hast du recht. Stimmt schon. Ich sollte mich mit dem zufrieden geben, was ich momentan habe", sagte ich.

„Was ist eigentlich mit deinem Fuß?", fragte Mama.

„Keine Ahnung. Er tut auf jeden Fall nicht mehr weh. Ich habe nur einen Haufen Sand in meinem einen Schuh."

„Zeig mal schnell her!"

Mama nahm sich meinen Schuh vor und beäugte ihn.

„Kein Wunder, dass du dort Sand drin hast. In deiner Sohle ist ein Loch. Und das ist nicht gerade klein."

Sie zog mir vorsichtig den Schuh aus und sah sich nun die Wunde an.

„Ich kann dir sagen, warum dein Fuß momentan nicht weh tut."

„Wieso?", fragte ich erstaunt.

„Deine Wunde ist voller Sand. Er verstopft alles. Wir brauchen jetzt unbedingt Wasser. Sonst riskieren wir eine Entzündung der Wunde, oder eine Blutvergiftung."

Selina und Henrik liefen sofort in den Wald und suchten in den riesigen Blättern der Urwaldbäume nach Tau.

Der Gedanke an irgendwelche fremden Tiere war wie weggepustet.

„Und wie wollen wir das Wasser zu Paul bringen?", fragte Henrik.

„Warte, ich komme sofort wieder", sagte Selina.

Sie lief einige Meter tiefer in den Wald und kam kurz darauf mit zwei Kokosnussschalen zurück.

„Na klar. Prima Idee", rief Henrik scheinbar hocherfreut.

Sie sammelten so viel Wasser wie sie nur fanden. in den provisorischen Schüsseln und liefen schnurstracks zurück zu Mama, Papa und mir.

Sie reinigten gemeinsam meine Wunde und verordneten mir anschließend absolute Ruhe und ein Lauf- und Bewegungsverbot um die Wunde sauber zu halten.

Meine Verletzung tat während und nach der Reinigung wieder weh und somit hatte ich eh keine Lust mehr, mich vom Fleck zu bewegen.

Mama hatte nur noch gesagt: „Wenn du auf das Klo musst, dann rufe einen von uns vieren. Wir helfen dir dann zum nächsten Baum."

Na toll. Jetzt durfte ich noch nicht einmal mehr alleine pinkeln gehen. Aber naja. Ich werde es überleben. Ich sterbe wohl eher an etwas anderem, als an so einer völlig banalen Sache.

10. Nicht mehr und auch nicht weniger

Als nun alle an der Lagerstelle versammelt waren, ergriff Mama das Wort: „Also, wir sind hier eigentlich verloren. Doch wir sollten versuchen, so lange wie möglich, zu überleben. Vielleicht haben wir ja Glück und es holt uns jemand. Wir sollten daher Dienste verteilen.‟

„Ja, das ist eine gute Idee‟, sagte Selina. Wir anderen signalisierten Mama mit einem Nicken, dass wir mit ihrem Vorschlag einverstanden waren.

„Gut, dann wären wir uns ja einig. Ich würde sagen: Die beiden Männer, die noch nicht verwundet sind, also Henrik und du mein Schatz, ihr sammelt weiterhin Kokosnüsse und Bananen. Wenn ihr welche findet, wären Mangos auch eine nette Abwechslung. Selina und ich sorgen für Feuerholz und versorgen Paul, und Paul selbst achtet darauf, dass, wenn keiner außer ihm da ist, das Feuer nicht ausgeht. Gibt es Einwände?‟, fragend sah Mama in die Runde.

Alle nickten ihr zu und machten sich sofort auf den Weg.

„**Stopp!** Ich bin noch nicht fertig!‟, rief Mama alle zurück.

„Essensaufteilung! Ich bin die Chefin über das Essen,

wenn es nicht funktioniert. Am Tag gibt es drei Mahlzeiten: Frühstück, Mittagessen und Abendbrot. Logisch. Das Essen verteile ich. Ich lege eine Menge pro Mahlzeit fest, die wir fünf maximal essen dürfen, damit wir möglichst lange über die Runden kommen. Und sehr wichtig: **Es wird nicht genascht!"**

„Jawohl Chefin!", antworteten wir im Chor.

Ja, so kannten wir sie: Wurde es einmal brenzlig, dann nahm Mama schon immer das Ruder in die Hand und führte uns aus der Krise heraus. Das dürfte dann wohl ihre erste Niederlage in solch einer Situation sein, da wir hier nie wieder wegkommen werden. Rund um uns herum ist nur Wasser...

„Sollten wir nicht am besten auch noch eine Art Toilette einrichten?", warf Selina in die Runde.

„Gute Idee. Henrik und ich heben dann eine Grube aus und zeigen euch, wo wir sie hingemacht haben", sagte Papa.

„Na lecker", sagte ich, „das stinkt dann bestimmt fürchterlich zum Himmel", fuhr ich fort.

Ich verzog das Gesicht und wartete auf eine Antwort.

„Du musst, wenn du dort warst, das, was du hinterlassen hast, mit ein wenig Erde einfach abdecken, so wie es auch die Menschen im Mittelalter gemacht haben bzw. in der Steinzeit", sagte Papa mit einem breiten Grinsen auf dem Gesicht.

„So, jetzt genug geredet. Jetzt wird gearbeitet!", sagte Henrik, zog Papa zu sich in die Höhe und verschwand mit ihm hinter dem nächsten Baum. Mama und Selina machten sich auch auf den Weg und ich blieb einsam und alleine an der Feuerstelle zurück. Momentan brannte ja kein Feuer, also hatte ich Pause und krabbelte unter eine Palme in den Schatten und schloss die Augen.

11. Ein mieser Albtraum

„Du Idiot! Du hast meine Bananen gegessen! Das wirst du mir büßen!", schrie Selina zu Henrik.

„Hab ich gar nicht, dass war Paul. Der hat doch auch die ganzen Schalen neben sich liegen", erwiderte Henrik.

„Nein Selina, das war Henrik. Er hat bis eben noch bei mir gesessen und genüsslich geschmatzt", verteidigte ich mich.

„Ach so, das warst du Paulchen? Wenn Henrik die Bananen gegessen hätte, wieso lässt du das zu?!", schrie Selina mit Tränen in den Augen.

Sie ging einen Schritt auf mich zu und hob bedrohlich ihre Hände.

„Ich … ich … äh … ich...", sagte ich verängstigt.

„Ha! Du bist ja so ein Loser. Hast vor deiner eigenen kleinen Schwester Angst!", hämisch grinsend mischte nun auch Henrik wieder mit.

„Ich glaube dir kein Wort Paul! Henrik würde mich niemals anlügen. Du schon!", Selina ging nun mit geballten Fäusten auf Paul los.

„Hey, beruhige dich wieder! Ich kann es dir beweisen, dass ich nicht der Übeltäter bin!"

Selina hielt kurze Zeit inne.

„Na gut, du hast exakt zwei Minuten Zeit!"

Ich stand auf und humpelte ein Stück in den Wald. Ich stolperte aber dann und ließ ein lautes Stöhnen aus meiner Lunge hallen. Ich rappelte mich aber dann wieder auf, ging ein paar Schritte weiter und rief nach Selina und Henrik:

„Kommt her, hier ist der Beweis!"

Die beiden kamen. Erst Selina und dann Henrik.

„Hier siehst du es. Henrik hat sich nämlich überfressen und musste sich übergeben. Da siehst du, dass er die ganzen Bananen verspeist hat."

„Henrik?! Du hast dich doch gerade übergeben. Das war ja auch unschwer zu überhören. **Du lügst schon wieder!** Was bist du denn für ein Bruder!"

„Hä?! Bist du jetzt völlig übergeschnappt, ich habe überhaupt nicht gebrochen. Ich bin gestolpert", verteidigte ich mich. Selina war so besessen von der Unschuld ihres Freundes, dass sie mit geballten Fäusten auf mich zukam. Sie holte aus. Die Hand schnellte in Richtung meiner Nase und...

Ich schreckte plötzlich hoch. Verschwitzt und mit einem völlig überhöhten Puls saß ich neben der Palme.

„Puh, zum Glück. Das war nur ein Traum", sagte ich ohne das es jemand hörte.

Ich legte mich zurück in den Sand und ließ den Traum noch einmal vor meinem inneren Auge vorbeilaufen.

Könnte es wirklich so ausarten? Das war doch durchaus möglich oder? Es wird aber nicht so kommen. Ganz sicher nicht. Ich meine, das ist meine Schwester. Sie würde mir doch eher vertrauen, als irgendjemand anderem, den sie vor mehr als 10 Jahren irgendwann einmal kennengelernt hat. Ich war doch ihr Bruder.

12. Verloren im Dickicht

Papa und Henrik suchten nach einer Stelle für unser provisorisches Klo. Doch das war gar nicht so einfach. Man musste viele Dinge beachten. Zum Beispiel, ob Dornen in der Nähe waren, oder Bienenstöcke und sie mussten auch darauf achten, dass der Wind den Gestank nicht in Richtung unseres Lagers trieb. Nach einiger Zeit hatten die beiden eine geeignete Stelle gefunden.

„Und wie wollen wir das Loch bitte ausheben?", fragte Henrik.

„Ganz einfach: Gott gab uns zwei Füße zum Laufen, zehn Finger zum Greifen und zwei Hände zum Graben", antwortete Papa ganz trocken.

„Na toll. Dann sehe ich danach bestimmt aus wie ein Schwein."

„Du, wir sind hier auf einer Insel. Wasser zum Waschen gibt es hier genug. Wir sind mitten in einem riesigen Ozean. Nur trinken sollte man das nicht. Es schmeckt nämlich widerlich."

„Und meine Klamotten? Die sind dann völlig versaut."

„Mann! Bist du etwa ein Mann oder nur eine Memme?"

„Jaja, ist ja schon gut."

Papa begann mit dem Graben und Henrik tat ihm dasselbe widerwillig nach.

Nach wenigen Minuten war das Loch etwa knietief, also gut einen halben Meter hatten sie in die Erde gegraben.

„Meinst du, dass das tief genug ist?", fragte Henrik.

„Ja ich denke schon, aber wir sollten gleich noch eine zweite ausheben, denn lange wird die hier nicht reichen", antwortete Papa.

„Wir werden doch wohl nicht das ganze Loch vollmachen..."

„Oh doch. Das denke ich schon, weil wir ja so viel Erde über unser Geschäft machen müssen, dass es der nächste nicht sieht und wenn möglich, auch nicht riecht."

Mit einem leichten Grinsen auf dem Gesicht begann Papa mit der zweiten Grube.

Die beiden Frauen waren indessen damit beschäftigt, auf eine Palme zu klettern, um ein paar Kokosnüsse zu ernten. Doch Mama hatte große Schwierigkeiten den Baum hinaufzukommen, da sie ja nun auch nicht mehr die Jüngste war.

„Los! Schieb von unten mein Schatz", forderte Mama.

„Mach ich doch schon. Aber ich bin immer noch der Meinung, dass lieber ich da hoch klettern sollte und nicht du."

„Ach, so ein Unsinn! Was du kannst, kann ich mit meinen 39 Jahren auch noch."

„Na, wenn du meinst."

Mit aller Kraft schaffte es Mama dann endlich auf die Palme und warf einige Kokosnüsse auf den Boden. Anschließend ertönte aus dem nahegelegenen Dschungel ein Geräusch.

„**Mama!** Was war das?"

Erschrocken drehte sich Selina in Richtung des Dschungels und suchte das Dickicht mit ihren Augen ab. Es raschelte wieder.

„**Mama!** Komm bitte schnell runter. Da ist irgendetwas im Dickicht. Ich habe Angst."

Selinas Hände wurden zittrig und sie begann zu weinen. Es raschelte wieder, gefolgt von einem Knurren.

„**Ich komme!**"

Mama kletterte die Palme bis zur Hälfte hinunter. Sie verlor den Halt und stürzte ab. Aufgebracht rannte Selina zu ihr.

„**Mama!** Geht es dir gut?" Die Tränen tropften auf Mamas Top. Selina begann bitterlich zu weinen, weil Mama sich nicht bewegte.

Aber nach wenigen Augenblicken regte sie sich wieder und richtete sich auf. Selina fiel ihr um den Hals und küsste sie, als würde sie sie in den nächsten zwei Monaten nicht mehr zu Gesicht bekommen.

„Ja, mir geht es gut! Mir tut noch nicht einmal etwas weh. Bis auf meinen Kopf. Der brummt. Aber sonst geht es mir wirklich blendend. Es raschelte aber dann wieder und das Knurren wurde lauter.

„MAMA!"

„Los Kind, wir laufen zum Lager und zwar schnell!"

Das ließ sich Selina nicht zweimal sagen und sprintete los. Mama konnte kaum mit ihr mithalten und verlor sie schon nach kurzer Zeit aus den Augen.

Als Selina bei mir eintraf, war von Mama noch nichts zu sehen. Sie müsste ja eigentlich gleich kommen, dachte Selina.

Selina sprang auf mich und fesselte mich mit ihren Armen. Sie drückte mich so dolle, dass mir fast die Luft wegblieb.

„Paul! Da ... dahinten ... dahinten da...", stotterte sie.

„Hey, jetzt beruhige dich erst einmal", sagte ich. Ich streichelte ihr Haar und wischte ihr die Tränen aus dem Gesicht.

„Da hinten, da ist irgendwas. Es hat geraschelt. Und es hat geknurrt. Und dann ist Mama vom Baum gestürzt und..."

Ich unterbrach Selina: „Und wo ist Mama jetzt?!"

„Sie war hinter mir. Oh nein. Wenn ihr etwas passiert ist. Ich laufe schnell zurück und suche nach ihr."

Selina sprang auf und rannte, so schnell sie konnte, zurück.

Ich rappelte mich ebenfalls auf und hüpfte ihr auf einem Bein hinterher.

Nach einigen hundert Metern sah ich Selina unter einer Palme liegen. Sie weinte wieder und zwar noch entsetzlicher.

Als ich bei ihr ankam, setzte ich mich neben sie und nahm sie in den Arm.

„Sie ist weg, Paul. Mama ist weg."

Sie schluchzte.

„Das Rascheln und das Knurren sind auch weg. Und die Spuren im Sand sehen aus, als hätte es hier einen Kampf gegeben."

Sie begann wieder lauter zu weinen. Die Tränen kullerten ihre Wangen hinunter und tropften auf ihr Oberteil. Nun kamen auch mir die Tränen.

Selina sagte: „Ohne Mama sind wir verloren. Verloren im Dickicht."

13. Der Aufbruch

Nach Stunden der Trauer und des Grübelns über das Wiederfinden von Mama, versuchte Papa uns wieder etwas zu motivieren: „Wisst ihr was? Wir suchen jetzt einfach nach Mama im Dschungel. Ich meine, was haben wir denn zu verlieren? Nichts oder?"

„Du hast recht", sagte Henrik, „aber wir können nicht einfach so in den Wald rennen, so wie wir es bei uns zuhause machen. Das hier ist wilder Urwald. Lass uns das lieber etwas strukturierter antreten. Am besten wir laufen erst einmal am Strand entlang und suchen nach Dingen, die uns weiterhelfen könnten. Die Insel ist ja nicht so groß. Zumindest gehe ich mal ganz stark davon aus, weil jede Insel, die größer als drei Quadratkilometer ist bewohnt sein muss", fuhr Henrik fort.

„Woher weißt du das?", fragt Selina.

„Das hab ich mal irgendwo gelesen."

Henrik zwang sich ein leichtes Grinsen aufzusetzen und fuhr fort: „Und wenn wir den Strand abgesucht haben, dann machen wir uns auf den Weg in das Innere der Insel."

„Das ist, denke ich, eine gute Idee.", sagte Henrik.

Selina, Papa und ich nickten zustimmend.

„Und was ist mit mir? Wie soll ich denn hinter euch herkommen?", fragte ich.

„Dir suchen wir zwei geeignete Stöcke als Krücken und dann kannst du locker mit uns mithalten", sagte Henrik.

„Gute Idee. Am besten machen wir uns gleich auf die Suche", sagte ich und wollte aufstehen. Humpeln konnte ich ja noch.

Selina stieß mich aber zurück in den Sand und sagte: „Du bleibst so lange hier sitzen, bis wir eine Gehhilfe für dich gefunden haben. Eher wirst du nicht laufen."

Mürrisch willigte ich ein und Selina und Henrik machten sich auf den Weg in den Wald.

Papa blieb bei mir, damit nicht noch einer von uns spurlos verschwand.

„Was hältst du von der Beziehung zwischen Selina und Henrik?", fragte ich Papa.

„Also ganz ehrlich gesagt, finde ich es toll. Aber wenn ich mich in deine Lage versetze, finde ich es nicht so toll, weil er die Freundschaft zu dir riskiert. Ich denke er hat ganz schön viel aufs Spiel gesetzt und macht das auch nach wie vor", antwortete er.

„Also bist du auch nicht ganz damit einverstanden?"

„Nun ja, teils. Ich finde es gut, dass sich Selina nicht irgendeinen Volltrottel rausgesucht hat, sondern jemanden dem ich vertraue. Allerdings riskiert er ja auch die Freundschaft zwischen euch beiden."

„Okay. Ich finde das nicht gut, was Henrik macht. Der soll doch mal nachdenken: Wir beide sind über zehn Jahre befreundet und Selina und Henrik sind seit vielleicht zwei Monaten zusammen. 3650 Tage gegen 60. Das passt doch nicht zusammen."

„Was! Die beiden sind schon seit zwei Monaten zusammen?"

„Keine Ahnung. Das war nur geschätzt."

In diesem Moment kamen Selina und Henrik aus dem Wald. In den Händen hielten sie zwei Stöcke, die Krücken doch schon sehr ähnlich sahen. Sie gaben mir die Stöcke und ich stand auf. Gemeinsam liefen wir alle den Strand entlang. Immer in den Wald schauend, um vielleicht einen Hinweis auf Mama zu finden. Doch sie war nirgends zu finden.

Nach einem ewig langen Fußmarsch machten wir eine Pause. Meine Arme schmerzten vom Laufen mit den Gehhilfen.

„Wie weit ist es denn noch? Und wann finden wir endlich Mama?", fragte ich ungeduldig.

Papa antwortete: „Ich weiß nicht. Ich denke so lange dauert es nicht mehr. Wir sind schon so lange gelaufen und haben die Insel fast umrundet."

„Und noch immer haben wir keine Spur von Mama",
sagte Selina.

„Ja, leider. Dann werden wir wohl in den Wald müssen.
Uns bleibt dann wohl keine Wahl", sagte Papa.

„Für Mama machen wir aber alles", sagte ich.

Ich rappelte mich wieder auf und signalisierte mit einem
kleinen Handzeichen, dass es weitergehen konnte. Wir
liefen. Und liefen. Und nach einer weiteren Ewigkeit
sahen wir unser Lager.

„Wir haben es geschafft!" Henrik lief erfreut zum Lager
und nahm sich eine Kokosnuss.

„Ich darf die doch essen, oder?"

„Ja klar. Ich nehme auch eine", sagte Papa.

Im Anschluss an die kleine Mahlzeit werteten wir unsere
Erkundungs- und Suchtour aus. Wir mussten feststellen,
dass der Weg vollkommen umsonst war. Wir hatten
Mama nicht gefunden. Noch nicht einmal einen Hinweis.

Langsam dämmerte es und wir ließen uns, nachdem wir
das Lagerfeuer wieder angezündet hatten, in den Sand
fallen. Ich schlief schon nach kurzer Zeit ein und war weg.

14. Waldspaziergang

Am nächsten Morgen wachte ich als erster auf. Ich räumte, so gut wie ich es mit meinem Bein konnte, die Feuerstelle auf und holte ein wenig Tau aus den riesigen Blättern der Urwaldpflanzen.

Während ich die Kokosnussschalen mit dem kostbaren Nass befüllte, raschelte es im Dickicht.

Ich schaute mich um, doch nichts war zu sehen.

Es raschelte wieder. Ein Stückchen weiter weg von mir bewegten sich ein paar Blätter. Ich nahm schnell meine Kokosnussschalen und lief zügig zurück zu den anderen. Sie schliefen noch.

Vorsichtig versuchte ich Papa aus seiner Traumwelt zu holen. Allerdings schaffte ich das mit einfachem Streicheln und „Papa" rufen nicht. Ich rüttelte ein wenig an seiner Schulter und rief nun etwas lauter. Er wachte immer noch nicht auf.

Jetzt hatte ich die Nase voll und nahm eine der Wasserschalen und goss ihm den kalten Urwaldtau übers Gesicht.

Sofort schnippte er, wie ein Rechen auf den man trat, hoch und war hellwach.

Mit hektischen Worten begann er sich zu äußern: „Alle Männer hoch! Alarm! Feinde im Anmarsch! Alle die Schlüpfer an und los geht es!!"

„Papa! Ganz ruhig. Ich bin's nur. Ich habe dich geweckt, damit ich nicht so alleine sein muss, weil ich im Wald unheimliche Geräusche gehört habe", versuchte ich ihn zu beruhigen.

„**WAS!?** Du warst alleine im Wald! Wir haben doch gesagt, dass wir niemals mehr alleine fortgehen. Du hättest auch verschwinden können. Spurlos. So, wie Mama."

„Ganz ruhig Papa. Ich habe doch nur Wasser geholt", versuchte ich ihn abermals zu beschwichtigen.

„**Nein!** Ganz sicher bleibe ich nicht ruhig. Denk doch mal nach, was dir alles hätte passieren können. Außerdem kannst du noch nicht einmal weglaufen, mit deinem Fuß."

Ich sah zu Boden und sagte: „Na gut. Du hast ja recht. Aber ich bin ja noch da."

„Du gehst nicht mehr alleine fort. Verstanden?!", sagte Papa mit tiefer und todernster Stimme.

„Ja. Ist okay."

„Ok. Was hattest du jetzt gesehen oder gehört oder was auch immer?", fragte er.

„Also, ich war Wasser holen. Und erst war da so ein Rascheln. Anschließend haben sich in meiner Nähe einige Blätter bewegt. Und dann bin ich schnell weggelaufen. Oder gehumpelt vielmehr."

„Ein Glück, dass dir nichts passiert ist. Am besten, wir wecken jetzt Selina und Henrik und machen uns sofort auf den Weg."

„Ich denke auch, dass das Beste sein wird."

Wir weckten also die beiden und sammelten noch einige Kokosnüsse für den Weg. Diese wickelten wir dann in Urwaldblätter und warfen sie uns wie eine Handtasche über die Schultern und liefen los.

Die Frage, die wir uns nur stellten war: "Wo sollen wir anfangen?"

Keiner hatte eine Antwort auf diese immens wichtige Frage. Also liefen wir einfach los. Uns blieb ja nichts anderes mehr übrig.

Völlig planlos steuerten wir einfach einen Baum nach dem anderen an. Wir liefen vorbei an kleinen Weihern und über alte Baumstämme, was wegen meiner Behinderung etwas länger dauerte. Nach einer ganzen Weile machten wir eine Pause.

„Puh, endlich. Ich dachte schon, du hörst nie mehr auf zu laufen Papa", sagte Selina und schnaufte.

„Wieso? Tun dir etwa die Beine weh?", konterte Papa mit scheinbar völlig entspannter Miene.

„Natürlich, seit heute früh laufen wir schon durch das Unterholz und die Sonne steht mittlerweile schon ziemlich hoch. Es sollte also schon fast Mittag sein", sagte Selina mit einem leicht genervten Unterton.

Nach der kleinen Unterhaltung zwischen den beiden, zog wieder Ruhe in die Kompanie ein. Wir saßen alle im Kreis und starrten auf den Boden. Die Pause tat uns echt gut. Und nach einiger Zeit und einer kleinen Mahlzeit, die für mich viel zu klein und kurz war, liefen wir weiter.

Nach wenigen Metern aber, blieb Henrik ruckartig stehen. Er hatte jetzt nämlich das Zepter übernommen und lief vorne weg.

„Halt! Stopp!", rief er, „hier waren wir doch schon mal."

Alle blickten sich um und ich stimmte ihm zu. Die Bäume kamen mir bekannt vor. Die Büsche waren herunter getreten, und auf dem Boden waren unsere Schuhabdrücke noch sehr deutlich zu erkennen.

„So ein Mist!", sagte Papa laut, verärgert und stampfte mit seinem Fuß auf.

„Dann müssen wir uns ab sofort Zeichen machen, wo wir schon überall waren. Und wenn wir auf solch ein Zeichen stoßen, dann laufen wir in eine völlig andere Richtung weiter."

Mit einem einstimmigen Nicken bestätigten wir seine Idee und setzten unsere Suche fort. Wir schauten nun noch genauer hin. Nach Dingen, die auf Mama hinweisen könnten und auf unsere Wegmarkierungen. Wir kamen bestimmt zweimal noch an dem Ort vorbei, wo wir unseren ersten Wegpunkt gesetzt hatten. Aber dann fanden wir ihn nie wieder.

Als wir nach weiteren Stunden an einem Felsvorsprung ankamen, entdeckten wir etwas sehr merkwürdiges in den Wipfeln der Urwaldriesen. Auf der Krone eines Baumes, die durch den Felsvorsprung sehr gut zu erklettern war, lag etwas Merkwürdiges. Es sah aus wie ein Tuch. Ähnlich dem, das Mama um den Hals hatte.

Henrik hangelte sich von dem Felsvorsprung auf den Baum und begann uns seine sportlichen Kompetenzen zu demonstrieren. Nach einigen schwungvollen Bewegungen, hatte er den Wipfel erklommen und schaute auf das weite Meer hinaus, das man von hier sehr gut sehen konnte: „Es ist wunderschön!", rief er, „ich wünschte, ihr könntet das auch sehen."

Henrik beobachtete noch kurz, wie die Abendsonne in das Meer abtauchte. Selina riss ihn aber nach kurzer Zeit aus seinen Gedanken und forderte ihn auf, sich das Tuch zu schnappen und seinen Po wieder hier herunterzubewegen.

Das tat er dann auch.

Wir untersuchten anschließend das Tuch und konnten anhand des Geruches feststellen, dass es Mamas Tuch war. Zwar roch es nur noch ganz leicht nach ihr, da der Schweißgeruch das meiste überdeckte, aber nur sie trug so ein Parfüm. Und mitten im Dschungel wird wohl niemand anderes danach riechen.

Wir hatten nun neue Hoffnung geschöpft und wollten sogleich weiter. Doch es wurde schon bald dunkel und eine Suche wäre mitten in der Nacht zwecklos gewesen. Also lehnten wir uns an die Wurzel eines Urwaldriesen, welcher genug Platz für uns alle anbot und versuchten zu schlafen. Doch dies war nicht möglich. Die Schreie der Affen, das Summen von Insekten und Mücken und das Knacken und Rascheln im Unterholz verhinderten das.

Wir starrten also in den Himmel und zählten die Sterne. Die Nacht war relativ friedlich, aber zum Schlafen zu laut. Und so schlich die Zeit voran....

15. Zivilisation im Urwald

Am nächsten Morgen machten wir uns sofort wieder auf den Weg, um Mama zu suchen. Nach weiteren Stunden des Fußmarsches rief Henrik ganz laut: „Nicht weitergehen! Hört ihr das?"
„Was sollen wir denn hören?", fragte ich ratlos.
„Pssst. Sei doch mal leise", tadelte mich Henrik.
Wir lauschten. Und tatsächlich. Da war etwas Ungewöhnliches. Es hörte sich an, wie ein Feuer. Doch das war unmöglich, weil ein offenes Feuer mitten im Wald, die ganze Insel in Brand stecken könnte.
Vorsichtig pirschten wir uns, wie Indianer auf dem Bauch nach vorne und schauten durch die Blätter.
„Da ist jemand", sagte Selina.
„Ja, ich habe es auch gesehen." stimmte ihr Henrik zu.
„Seht, da hinten. Da sind zwei Frauen", flüsterte Papa, „Die können uns bestimmt weiterhelfen." „Warte mal! Nicht so schnell", warnte ich.
Entschlossen stand Papa aber dann auf, säuberte seine Sachen ein wenig und lief tatsächlich zu den beiden.
Aus sicherer Entfernung belauschten Selina, Henrik und ich das Gespräch.

„Guten Tag, die Damen", begrüßte Papa die Frauen.

„Ahh, sie nur Ulabung ein Bub."

„Wie niedlich. Na, wenn das nicht passend ist."

„Können Sie mir weiterhelfen?", fragte Papa.

„Hat uns der Lausebengel gerade etwas gefragt? Reila?"

„Ja, aber ich glaube, wir müssen seine Frage mit nein beantworten, weil wir den Bub gar nicht kennen."

„Ich glaube auch."

„Hallo? Haben Sie rein zufällig eine Frau gesehen, die so ähnlich aussieht wie wir?", hakte Papa entnervt nach.

„Der Bub redet von dem Gör, oder Ulabung?"

„Ja, ich denke schon. Aber, ich glaube wir sagen ihm lieber nicht, dass wir sie gesehen haben."

Das waren vielleicht ein paar Weiber. Sie redeten nur mit sich selbst, aber kein Wort direkt zu meinem Vater. Allerdings beantworteten sie mit ihrem Geschwafel all seine Fragen. Wirklich merkwürdige Mädchen. Wir konnten ganz genau hören, was sie sagten. Und dann sprachen die tatsächlich auch noch unsere Sprache sprachen, mit aber ein paar merkwürdigen fremden Wörtern, die wir noch nie in dieser Art gehört hatten.

„Und wo kann ich sie finden?"

„Verraten wir dem Bub, dass das Versteck unter dem Felsen in der Bananenbucht ist, Reila?"

„Nein, lieber nicht. Nicht, dass er uns das Gör wegnehmen will."

„Könnt ihr uns denn sagen, was ihr mit ihr gemacht habt?", fragte Papa weiter.

„Panade, Panade Ulabung! Panade!"

„Bitte was brabbeln die Frauen dort drüben?", fragte Selina?

„Ich habe keine Ahnung. Klingt so ein bisschen als hätten sie sie paniert. Aber das geht hier ja zum Glück nicht", antwortete Henrik. „Aber warum sprechen die unsere Sprache trotzdem? Als ob sie schon andere unserer Herkunft auf der Insel hatten", rätselte ich herum. „Du kannst Fragen stellen. Es ist jetzt viel wichtiger, dass wir deine Mutter finden", erklärte Henrik.

„Panade, Panade!"

Lachend liefen die beiden zu ihrer Hütte und kicherten weiter vor sich hin. Papa genügten die Informationen vorerst.

Kopfschüttelnd, aber mit einem leichten Grinsen im Gesicht, kam Papa zu uns zurück.

Er rief noch auf Wiedersehen in Richtung der Hütte. Zurück kam wieder einmal nichts bis auf ein „Ulabung, er hat tschüss gesagt!"

Kichernd machten wir uns auf die Suche nach Mama. Eigentlich war die allgemeine Situation nicht lustig, aber die beiden Ureinwohner waren doch echt zum Totlachen. Wir hatten einen kleinen Trampelpfad entdeckt, den wir bis zum Ende liefen. Wir streiften durch das Gebüsch. Der Weg war alles andere als Behindertengerecht, sodass ich wieder tatkräftige Unterstützung von den anderen drei brauchte, um über die vielen umgefallenen Bäume und die herumhängenden Dornen und Lianen drüber zu kommen. Wir liefen und liefen. An einer kleinen Lichtung machten wir eine Pause und suchten ein paar Blätter mit Wasser. Wir tranken jeder einen Schluck und setzten uns ein paar Minuten zur Ruhe. Doch lange hielt der Frieden nicht an. Ein Baum knackte und begann zu fallen. Es war eigentlich ein Wunder, dass bislang noch keiner gefallen ist. Hier lagen nämlich etliche Bäume quer auf dem Weg. Der Baum sauste nach unten und zerschellte auf dem Boden. Zum Glück waren wir weit weg von ihm, sodass niemand verletzt wurde. Plötzlich begann es aber hinter uns zu knacken und zu rascheln. Alles Mögliche knackte und raschelte in diesem Dschungel, deshalb rührten wir uns mittlerweile nicht mehr, da wir uns an die Geräusche gewöhnt hatten. Doch dann wurden die Geräusche lauter. Selina drehte sich um, erschrak und schrie: „Weg! Lauft weg! Der Baum fällt."

Papa, Henrik und ich sprangen auf. Während Papa und Henrik sofort mit Selina die Flucht ergriffen, sank ich direkt zurück auf den Boden. Mein Fuß schmerzte so extrem, dass ich nicht hoch kam. Ich blickte mich um und sah den fallenden Baum in Richtung Boden rasen. Er steuerte genau auf mich zu. Da ich rings herum um mich keine weiteren Hindernisse hatte rollte ich mich in letzter Sekunde nach rechts weg und konnte dem Baum ausweichen. Etwa einen halben Meter neben mir schlug der Baum auf dem Boden ein. Die abgebrochenen Äste flogen durch die Gegend. Einige kleinere Zweige bekam ich ab. Jedoch verletzten sie mich nicht weiter. Glück im Unglück nennt man sowas.

Die anderen drei kamen, nachdem die Gefahr gebannt war zu mir zurück gelaufen.

„Paul, Paul! Wo bist du?", rief Henrik.

„Wo bist du?", rief er abermals. Ich rief zurück: „Ich bin hier. Dort, wo wir gesessen haben!"

Sie kamen zu mir und erkundigten sich, wie es mir geht.

„Mir geht es gut. Ich konnte mich zum Glück noch rechtzeitig bei Seite rollen. Äste habe ich auch nur die kleinen abbekommen. Mir geht es also gut."

„Na bloß gut", freute sich Selina, half mir hoch und wir machten uns wieder auf den Weg. Das Adrenalin floss mir immer noch durch die Adern. Eine Sekunde lang dachte ich: Jetzt ist es vorbei. Wir liefen den Weg dann weiter bis zu einer Bucht.

In dieser Bucht wuchsen sehr viele Bananenbäume. Das musste sie sein. Die Bananenbucht. Hier irgendwo musste Mama versteckt sein.

Da das Gelände der Bucht relativ unübersichtlich war, begannen wir am Waldrand zu suchen und stießen Stück für Stück nach vorne immer weiter in Richtung Wasser.

Selina, die ein paar Schritte voraus lief stolperte unerwartet über etwas. „Huch, was war das denn?", fragte sie. Sie drehte sich um, um nach dem zu suchen, worüber sie gestolpert ist. Sie scharrte kurz im Sand und fand eine Liane.

„Wieso liegt hier mitten am Strand eine Liane?", fragte sie überrascht.

„Sehr komisch. Zieh doch mal dran", kommentierte Henrik Selinas Aussage.

Selina zog an der Liane. Mit aller Kraft setzte sie ein zweites Mal an. Jedoch erfolglos.

„Die scheint irgendwo festgemacht zu sein. Kommt lasst sie uns ausgraben und zurückverfolgen", schlug Henrik vor.

Stück für Stück legten wir die Liane frei, bis wir an einem Baum ankamen. An diesem war sie festgebunden.

Papa runzelte die Stirn: „Sieht aus, wie eine Falle. Aber bis auf uns ist hier doch keiner. – Ach so, und diese verrückten Weiber."

Kurz darauf raschelte es in einem Baum neben ihnen und eine Kokosnuss kam Papa entgegengeflogen.

„Hey!", rief er, „wer von euch war das!", beschimpfte er Selina, Henrik und mich.

„Das waren wir nicht", sagte Selina.

„Natürlich wart ihr das nicht Selina! Ist doch klar. Die zwei verrückten Weiber und die Waldgeister waren es, wer sonst!", erwiderte Papa in seiner ironischen aber irgendwie auch ernsten Art und Weise.

„Wir waren das wirklich nicht", sagte ich. In diesem Moment kam wieder eine Kokosnuss geflogen und streifte Selinas Ohr: „Aua, wer war das?", schrie sie auf.

Henrik nahm sie natürlich sofort wieder in den Arm. So schlimm kann der Schmerz ja nun wirklich nicht sein. Sie wurde ja noch nicht einmal richtig getroffen. Und schon kam die nächste Kokosnuss geflogen. Diesmal wieder auf Papa.

Diesmal hatte er gesehen, wo die braune Kugel herkam.

„Her dort oben! Hört auf uns mit Nüssen zu bewerfen!",
forderte er. In diesem Moment kam die nächste
geflogen.

Aus dem Baum hörte man ein Kichern. Die beiden
Ureinwohner oder „Weiber", wie sie Papa immer nannte,
saßen darin.

„Ulabung, ich glaube unsere Beute hat uns entdeckt!"

„Dann schmeißen wir schnell noch eine Nuss, bevor
unser Mittagessen davonläuft, Reila." Und schon warfen
sie wieder Kokosnüsse Richtung Boden.

„Hey, hört auf damit und kommt sofort runter!", schrie
Papa.

Er lief zur Palme, auf der die beiden saßen und rüttelte
an ihr. Jedoch war der Stamm sehr massiv und bis auf ein
leichtes Wackeln der Blätter konnte er nichts ausrichten.

Also kletterte er den Baum herauf. Als die beiden in der
Krone Sitzenden das sahen, seilten sie sich an einer
Liane, welche sie am oberen Teil der Palme befestigt
hatten, ab und ergriffen die Flucht. Papa sprang wieder
nach unten und versuchte ihnen zu folgen, doch die
beiden waren bereits im Wald verschwunden.

Nachdem wir uns sicher waren, dass die beiden wieder
verschwunden waren teilten wir uns in zwei Gruppen auf
und suchten unter jedem Felsen und jedem Stein.

Ich selbst hatte schon bestimmt zwanzig kleinere Felsen abgesucht, hatte bislang aber noch keinen nennenswerten Erfolg erzielt. Betrübt begann ich also mich wieder zu den anderen dreien zu begeben, die derweil am anderen Ende der Bucht gesucht hatten. Dort angekommen, teilten wir unsere Erkenntnisse einander mit und begannen den Strand entlang zu laufen. Manchmal habe ich meine Mutter gehasst, für das, was sie mir Tag täglich an den Kopf schmiss. Aber leider hatte sie meistens auch noch Recht. Speziell wenn es um Schule ging. Aber jetzt vermisse ich sie, weil sie im Grunde genommen eine ganz Liebe ist, die wahrscheinlich nur das Beste für ihren Sohn will. Na ja, aber jetzt war es erstmal wichtig sie wieder zu finden.

„Schau mal, dort hinten ist noch eine kleine Bananenpalmenkolonie. Vielleicht finden wir Mama dort?", zeigte Selina.

„Ich hoffe es, mir tun schon die Beine weh", sagte Papa, der auch ziemlich fertig aussah. Wir liefen also zu der Stelle, auf die meine Schwester gedeutet hatte und schauten nach. Von weitem schon war ein Loch zu erkennen. Jedoch noch nicht, wie tief es war und geschweige denn, was sich in diesem Loch befand. Selina, die mal wieder mit Henrik an erster Stelle lief, durchzog mit einem Mal ein Ruck. Sie begann zu lächeln und dann freute sie sich so sehr, dass sie einen Luftsprung vollführte, wie ihn die Welt noch nicht gesehen hat.

„Da ist sie!", rief sie. Auch Henrik entdeckte sie nun und lief schnell zur Grube hin, um zu schauen, wie wir sie daraus bekommen.

Völlig aufgeregt vor Freude sprang auch ich in die Höhe. Als ich wieder auf dem Boden aufkam, verzog ich mein Gesicht vor Schmerz. Mein Fuß war ja immer noch verletzt.

Zügig lief ich den anderen hinterher, um zu helfen.

„Mama geht es dir gut?", fragte Selina.

„Ja, es geht mir gut. Ich habe nur Kopfschmerzen und einige blaue Flecken am Bein."

„Wie bist du überhaupt hier hingekommen?", fragte Selina weiter.

„Zwei junge Frauen, sie haben mich überwältigt und mich hierhergebracht."

„Zwei junge Frauen? So etwas wie Urwaldbewohner?", fragte Papa.

„Ja, sie haben sogar Deutsch gesprochen. Aber jetzt holt mich hier erstmal raus. Ich kann euch das später alles erzählen.

Papa und Henrik begannen sofort mit Mamas Bergung. Sie nahmen das Gitter aus verschiedenen

Urwaldgehölzen von der Grube. Es war mit Lianen befestigt, welche man nur von draußen lösen konnte. Nachdem wir sie gelöst hatten, drückte Mama von unten das Gitter nach oben und kroch aus dem Loch heraus. Wir umarmten uns alle und als wir gerade loslaufen wollten, hörten wir laute Schreie im Wald. Wir liefen in den Wald immer den Schreien nach.

Mit einem Mal verstummten die Geräusche. Nur noch die Grundgeräusche des Urwalds waren zu hören.

Eine unerträgliche Ruhe durchzog die Wipfel der Bäume.

16. Wie gewonnen, so zerronnen

Wir sammelten ein paar Bananen vom Boden und setzten uns auf ein paar Steine am Meer. Mama erzählte dann, was sie erlebt hatte. Sie sagte, sie hätte einen Schlag auf den Kopf bekommen und ab da wüsste sie nichts mehr und wäre erst in diesem Loch wieder zu sich gekommen.

Mit einem Mal wurde das Idyll durch ein lautes Geschrei gestört.

Wir schauten uns alle verdutzt an.

„Was geht denn jetzt los?", fragte Selina.

„Ich weiß nicht. Vielleicht sind das die zwei verrückten Weiber von vorhin?", sagte Henrik.

Auf einmal raschelte es wieder in einem der Büsche und es dauerte nicht lange, da kamen Reila und Ulabung aus dem Gebüsch gejagt.

„Ulabung! Die haben das Gör!"

„Reila! Auf sie mit Gebrüll!"

Mit Tarzanschreien kamen die beiden mit Knüppeln auf uns zu gerannt. Wir sprangen auf und wollten wegrennen, doch die beiden waren schon da und bedrohten uns mit ihren Stöcken.

„Ulabung, mein Schwesterchen, sie sollen uns unser Mittag wiedergeben!"

„Ja Reila, sonst müssen wir verhungern. **Also los! Attacke!"**

Reila und Ulabung stürmten auf uns los. Wir konnten nichts anderes tun, als einfach nur auszuweichen. Da die beiden aber ein wenig naiv waren, rannten sie schnurstracks ins Wasser. Sie hielten an, gestikulierten wild mit ihren Knüppeln und kamen zurück gerannt. Nun war für uns der Weg frei in Richtung Urwald. Wir rannten so schnell wir konnten. Okay, ich humpelte mehr, meinem Fuß tat das ständige Gerenne sicher alles andere als gut.

Nach wenigen Minuten erreichten wir eine kleine Lichtung. Wir ließen uns an den Stämmen der Bäume hinab auf den Boden sinken und ruhten uns erst mal eine bisschen aus. Von den beiden Urwaldhexen war bislang nichts mehr zu hören.

Als es Abend wurde, suchten wir uns einen geeigneten Platz zum Schlafen. Wir legten uns auf das Laub der Bäume. Mama und Papa legten sich unter einen großen Urwaldbusch, der sie vor Regen schützen sollte. Selina und Henrik legten sich zusammen zwischen zwei Bäume und ich legte mich alleine unter die Wurzel eines Baumes.

Wir hatten uns nun schon an das Schlafen hier gewöhnt und es dauerte nicht lange, da schlummerten alle tief und fest.

Am nächsten Morgen, wachte Selina als erste auf. Sie stand auf und suchte sich ein großes Blatt, in dem sich genügend Wasser zum Waschen gesammelt hatte.

Was sie nicht wusste war, dass das Blatt zu dem Busch gehörte unter dem Mama und Papa schliefen. Selina zog sich also ihr Top und ihren BH aus und säuberte ihren Oberkörper und ihr Gesicht. Dabei fielen immer wieder einige Wassertropfen direkt auf Papas Gesicht. Irgendwann wurde er davon auch wach. Als er sich erhob, erschrak Selina so dolle, dass sie geradewegs in den Urwald floh. Papa lief ihr gleich hinterher, aber er konnte sich ein Grinsen nicht verkneifen.

Von dem Lärm wurde auch Mama wach. Sie kam zu mir und wollte mich wecken: „Hey Paul. Guten Morgen.“

Ich rührte mich wohl nicht. Nun rüttelte Mama an meiner Schulter: „Hey Paul! Mach die Augen auf! **Paul!** Das ist nicht mehr witzig!“

Mama fasste mir an den Arm und überprüfte meinen Puls. Sie erschrak. Er war ganz schwach und kaum zu spüren. Sie öffnete meinen provisorischen Verband am Fuß und stellte Schreckliches fest. Der Fuß war ganz dick angeschwollen und stellenweise blau bis schwarz. Ein ganz übles Zeichen.

Sofort weckte Mama Henrik und trug ihm auf, Selina und Papa herzuholen.

Wieder hatten wir ein riesiges Problem. Hier gab es ja keinen Arzt.

Erst verschwand Mama und jetzt waren Teile meines Fußes schon abgestorben oder entzündet. Wie sollte das nur weiter gehen?

17. Notoperation im Dschungel

Als Papa und Selina wieder zurück waren, untersuchten Mama und Papa meinen Fuß.

Selina und Henrik saßen Hand in Hand auf einer Wurzel und sahen zu.

„Es sieht nicht gut aus. Absolut nicht gut", sagte Mama. Langsam begannen bei ihr dann die Tränen zu fließen. Papa versuchte seine Trauer noch zu unterdrücken und wollte stark bleiben, aber er dachte wahrscheinlich dasselbe.

Ich atmete nur noch sehr flach. Mama beschloss, nun die letzte Möglichkeit mich zu retten umzusetzen: „Amputation!"

„Wie jetzt?", fragte Papa geschockt.

„Wir müssen ihm das Bein leider abnehmen. Eine andere Chance haben wir nicht mehr. Sonst wird er sterben."

„Aber dann wird er doch verbluten Susi!!", sagte Henrik.

„Nein, er wird schon nicht verbluten. Der menschliche Körper hat einen Reflex entwickelt, bei dem sich abgetrennte Arterien zusammenrollen und somit den Blutfluss blockieren. Wenn man das dann steril hält und vor Schmutz etc. schützt, verheilt das eigentlich ganz gut."

Papa sagte gar nichts. Aber er war einverstanden. Er wollte nichts unversucht lassen, um mich zu retten. Logisch, er war mein Papa. Er brachte Henrik und Selina weg, sodass sie sich den Eingriff nicht mit ansehen mussten und kehrte dann schnell zu Mama zurück.

„Mir geht es bei der Sache zwar echt nicht gut, aber wir probieren es", sagte Papa zu Mama.

„Ja. Wir schaffen das schon. Holst du mal bitte eine Liane?"

„Wozu brauchst du die denn?"

„Damit binden wir das Bein ab."

Papa merkte, dass Mama diese Worte sehr schwer fielen. Also fragte er nicht weiter und besorgte eine Liane.

Mama und Papa begannen nun mit der notdürftigen Operation.

Währenddessen hatten sich Selina und Henrik an einem Stamm niedergelassen und lagen Arm in Arm auf dem Boden.

„Was meinst du? Schafft er es?", fragte Selina ihren Freund.

„Ich hoffe es doch. Ansonsten wüsste ich gar nicht, mit wem ich Unsinn machen soll. Ich brauche doch jemanden, mit dem ich meine Gefühle und meinen Spaß teilen kann. Klar, ich habe ja auch noch dich, aber zu dir habe ich eine ganz andere Bindung, als zu Paul. Er ist mir unheimlich wichtig. Schließlich hat er zehn Jahre lang mein Leben geprägt und ich brauche ihn genauso wie dich."

Eine Träne kullerte bei Selina die Wange hinunter und tropfte auf Henriks Hose. Henrik wollte stark bleiben und lenkte von Paul ab: „Paul schafft das schon. Was ist denn jetzt eigentlich mit uns beiden? Hat das eine Zukunft?"

„Na klar. Wieso denn nicht?"

„Na ja, aber ich bin ja ein ganzes Stückchen älter als du und dein Bruder findet unsere Beziehung ja alles andere als toll."

„Zwei Jahre sind doch nicht viel. Schau mal. Meine Eltern sind sieben Jahre auseinander und es interessiert keinen. Und Paul, der bekommt sich schon wieder ein. Er macht immer erstmal dicht, wenn etwas Neues und Ungewohntes in sein Leben kommt. Wobei du ja nicht neu bist. Nur mit solch einer Situation wurde er noch nie konfrontiert."

„Bist du dir ganz sicher?"

„Ganz sicher. Ich liebe dich doch."

„Ich dich auch."

Henrik und Selina küssten sich wieder. Allerdings diesmal nicht nur so kurz wie sonst, sondern es war ein intensiver und sehr gefühlvoller Kuss. Ein Kuss bei dem ich scheinbar vollkommen in Vergessenheit geraten war.

Währenddessen kämpften Mama und Papa um mein Leben. Papa kannte sich ein wenig mit Medizin aus. Er hatte zwei Semester lang Pathologie studiert, sich aber dann für eine andere Studienrichtung entschieden.
Sie waren gerade am schwierigsten Punkt der OP angekommen. Dem Abtrennen des Beines. Das Problem war nicht das Abtrennen selbst, sondern die Überwindung einem Menschen, und dann auch noch dem eigenen Sohn einen wichtigen Teil seines Körpers zu nehmen. Aber sie hatten leider keine andere Wahl. Der Fuß war kaputt, vergiftet. Und wenn sie es nicht tun würden, würde ich sterben.
Sie legten dann die Liane um mein Bein. Papa hielt das eine Ende und Mama das andere. Sie zählten gemeinsam von drei runter.
„Drei...Zwei...Eins...Knacks!"

Henrik und Selina küssten sich dabei währenddessen immer noch. Mich hatten die beiden irgendwie völlig vergessen.
Ihre Liebe war so groß.

Mama und Papa hatten es mittlerweile geschafft das Bein abzunehmen. Es sah ganz gut aus. Die Blutungen ließen langsam nach. Zwar hatte ich einiges an Blut verloren, aber Mamas und Papas Miene nach zu urteilen, schien das nicht weiter schlimm zu sein.

Mama kontrollierte noch einmal meine Atmung und meinen Puls. Beides war immer noch schwach.

„Ich hoffe, es hat etwas gebracht."

„Das hoffe ich auch. Wenn wir ihn verlieren sollten, dann …dann …", nun fing Papa an zu schluchzen. Er konnte nicht mehr weiter reden. Es war einfach zu traurig und es musste raus. Diesmal war Mama die, die jetzt stark sein wollte. Zusammen versorgten sie nun weiter meine Wunde.

Selina und Henrik dagegen waren nun fertig und lagen überglücklich auf dem Boden.

„Dieser Kuss war einfach unglaublich, Henrik", sagte Selina.

Grinsend rollte sie sich dann wieder auf Henrik drauf und küsste ihn einfach weiter:

„Nein Stopp! Ich brauche erst mal eine Pause. Ich kann echt nicht mehr", antwortete dieser. „Was … ist denn jetzt auf einmal mit dir los, Henrik? Hast du etwa Angst davor, dass wir noch weitergehen?", fragte Selina. „Ja, um ehrlich zu sein ja. Wir sind für so etwas noch viel zu jung. Du bist doch erst 14 Jahre alt", gestand Henrik.

„Hmm … könnte sein. Dann warten wir halt lieber noch."
Henrik war über diese Worte seiner Freundin erleichtert.

18.Ein schwerer Verlust

In diesem Moment raschelte es im Gebüsch und Mama kam heulend aus Richtung unseres Schlafplatzes.
„Paul ist tot", schluchzte sie.
„Wie jetzt?!", warf Selina erschrocken ein.
„Paul ist tot. Er hat es leider doch nicht geschafft."
„Habt ihr ihm das Bein denn nicht abgenommen?", fragte Henrik, geschockt über den Tod seines Freundes.
„Doch, haben wir. Aber es hat nicht geholfen."

Geschockt ließen sich Henrik und Selina auf den Boden sinken und begannen schließlich zu weinen.
„Wir sind nun also einer weniger?"
„Ja!", sagte Mama unter Tränen.
Die Freude nach dem langen Kuss zwischen Selina und Henrik war schlagartig verflogen.
Nun mussten die beiden zusammen mit unserer Mutter der Tatsache ins Auge sehen, dass ich nicht mehr unter ihnen war.

19. Die Beerdigung

Papa wollte nicht, dass Henrik und Selina meinen Leichnam mit nur einem Bein sahen. Daher begann, er schweren Herzens und unter Tränen, ein Grab am Strand für mich auszuheben. Er bedeckte mich bis zum Bauch mit Erde, damit man meine Beine nicht sehen konnte und holte Selina, Henrik und Mama hinzu. Gemeinsam begruben sie meinen Leichnam und gaben mir die letzte Ehre.

Es war eine tragische Minute für meine Familie.

Sie legten Blumen in mein Grab und verschlossen es. Sie dekorierten es mit weiteren Blumen und saßen stundenlang davor und trauerten um mich.

Es musste ihnen den Boden unter den Füßen weggezogen haben.

Bis zum Abend kauerten sie noch am Strand ehe sie sich schlafen legten. „Ruhe in Frieden, mein Sohn", sagte Papa zum Schluss.

20. Das Leben geht weiter

Alle Motivation und Hoffnung auf Rettung waren verflogen. Tagelang starrten alle auf das weite Meer hinaus und dachten nach. Keiner wagte es auch nur mit jemandem anderen ein Wort zu wechseln. Das einzige, was sie noch gemeinsam taten, war erstens das Starren auf das Meer und das Essen holen. Zwar konnte keiner mehr die Bananen sehen, aber sie mussten da durch.

Nach fast zwei Wochen lockerte sich die Stimmung langsam wieder. Mein Tod hing aber immer noch in den Köpfen meiner Familie fest, aber so langsam begannen wieder alle miteinander zu reden. Erst jetzt merkten alle, wie wichtig es war zu reden und nicht einfach nur alles in sich hineinzufressen.

Jedenfalls begannen Henrik und Papa eine kleine Hütte zu bauen. Die Hütte war gerade so groß, dass vier Personen hineinpassten. Aber immerhin hatte sie zwei Zimmer.

Mit Bambus, Stroh und alten Blättern wurde also ein stabiles Häuschen gebaut und eine Art kleiner Turm errichtet. Bei dem Turm mussten Mama und Selina allerdings mithelfen. In der Zeit, als die Männer das Haus bauten, waren Selina und Mama damit beschäftigt,

Essen zu sammeln und einen kleinen Abwehrring, um unser Haus zu errichten. Sie spitzten Stöcke wie Speere an und steckten sie in einem Kreis rund um das Häuschen, um sich vor wilden Tieren zu schützen.

Die beiden verrückten Urwaldweiber hatten sich nicht mehr gezeigt und waren verschwunden.

Aber wann würden sie wohl endlich gefunden werden?

Diese Frage stellte sich Henrik.

Sie starrten weitere Tage auf das Meer und erhofften sich, am Horizont endlich ein Schiff zu sichten. Aber es tat sich nichts.

„Ich glaube, wir werden hier auf der Insel verrotten", sagte Selina streng.

„Wenigstens sind wir zusammen und konnten uns ein einfaches Haus errichten und müssen nicht mehr unter freiem Himmel übernachten", ermutigte Henrik. „Was nutzt das aber! Mein Bruder ist tot! Und Ich möchte nicht den Rest meines Lebens auf der Insel hier verbringen. Ich habe es einfach nur satt! Ich habe es satt, ständig Bananen oder Mangos zu essen! Die kommen mir schon den Ohren heraus! Ich habe es satt!", knurrte Selina.

„Und unsere Liebe? Hast du die jetzt auch satt?", fragte Henrik gezielt. „Wie kommst du jetzt denn darauf?", fragte Selina und blickte Henrik an. „Nur so. Das Leben geht weiter, auch auf dieser Insel hier", ermutigte Henrik und begann sich mit Selina wieder zu küssen. Auch dieser Kuss dauerte wieder länger. Beiden ging es dann wieder besser und irgendwann gingen sie alle zusammen in das von ihnen errichtete Haus.

21 Das Resultat

Aus Tagen wurden dann Wochen, aus Wochen schließlich Monate und aus Monate wurden zum Schluss sogar Jahre.

Die Familie wurde weiterhin nicht gefunden und musste auf der Insel ihr weiteres Leben verbringen. Aus Henrik und Selina wurde dann ein richtiges Paar und sie bekamen später zwei Mädchen. Eines von ihnen nannten sie Johanna und das andere Paulina, als Erinnerung an den verstorbenen Paul. Paulina sah diesem auch sehr ähnlich.

Und auch sie verbrachten ihr Leben auf der Insel und wurden groß.

Weitere Jahre vergehen und es taucht schließlich am Horizont ein Schiff auf und die Insel wird entdeckt.

Die Insel erlebte nach ihrer Entdeckung einen enormen Besucheransturm und wurde zu einem Besucherparadies. Eine sächsische Zeitung berichtete dann über Tote, die auf der Insel entdeckt wurden und bezeichneten die Insel dann, als „Auge des Todes mitten im Paradies". Doch, wo war das Paradies von dem das Blatt berichtete?

Ende